**DARIA TUDO QUE SEI
PELA METADE DO QUE IGNORO**

Editora Appris Ltda.
1.ª Edição - Copyright© 2023 da autora
Direitos de Edição Reservados à Editora Appris Ltda.

Nenhuma parte desta obra poderá ser utilizada indevidamente, sem estar de acordo com a Lei nº 9.610/98. Se incorreções forem encontradas, serão de exclusiva responsabilidade de seus organizadores. Foi realizado o Depósito Legal na Fundação Biblioteca Nacional, de acordo com as Leis nos 10.994, de 14/12/2004, e 12.192, de 14/01/2010.

Catalogação na Fonte
Elaborado por: Josefina A. S. Guedes
Bibliotecária CRB 9/870

S132d
2023
	Saigg, Dalva
	    Daria tudo que sei pela metade do que ignoro / Dalva Saigg. –
	1. ed. – Curitiba : Appris, 2023.
	    165 p. ; 23 cm.
	
	    ISBN 978-65-250-4771-3
	
	    1. Ficção brasileira. 2. Caráter. 3. Espiritualidade. 4. Sabedoria. I. Título.
	
	                                                    CDD – B869.3

Editora e Livraria Appris Ltda.
Av. Manoel Ribas, 2265 – Mercês
Curitiba/PR – CEP: 80810-002
Tel. (41) 3156 - 4731
www.editoraappris.com.br

Printed in Brazil
Impresso no Brasil

DALVA SAIGG

DARIA TUDO QUE SEI
PELA METADE DO QUE IGNORO

Appris
editora

FICHA TÉCNICA

EDITORIAL	Augusto Vidal de Andrade Coelho
	Sara C. de Andrade Coelho
COMITÊ EDITORIAL	Marli Caetano
	Andréa Barbosa Gouveia (UFPR)
	Jacques de Lima Ferreira (UP)
	Marilda Aparecida Behrens (PUCPR)
	Ana El Achkar (UNIVERSO/RJ)
	Conrado Moreira Mendes (PUC-MG)
	Eliete Correia dos Santos (UEPB)
	Fabiano Santos (UERJ/IESP)
	Francinete Fernandes de Sousa (UEPB)
	Francisco Carlos Duarte (PUCPR)
	Francisco de Assis (Fiam-Faam, SP, Brasil)
	Juliana Reichert Assunção Tonelli (UEL)
	Maria Aparecida Barbosa (USP)
	Maria Helena Zamora (PUC-Rio)
	Maria Margarida de Andrade (Umack)
	Roque Ismael da Costa Güllich (UFFS)
	Toni Reis (UFPR)
	Valdomiro de Oliveira (UFPR)
	Valério Brusamolin (IFPR)
SUPERVISOR DA PRODUÇÃO	Renata Cristina Lopes Miccelli
PRODUÇÃO EDITORIAL	William Rodrigues
REVISÃO	Bruna Fernanda Martins
DIAGRAMAÇÃO	Renata Cristina Lopes Miccelli
CAPA	Lívia Costa

AGRADECIMENTOS

Flavio de Alvarenga Coelho
Sergio Ribeiro Cazzola
Tita Livia Wall Mac

PREFÁCIO

Abrir a mente buscando equilíbrio e luz é uma questão de estar receptivo para novas ideias. É apenas uma questão de escolha: ou você fica no ninho, ou aprende a voar.

Dentro de todo ser humano vive um indivíduo que busca a partir de uma inquietude natural a realização pessoal, profissional e espiritual.

É nesse mundo interior, transcendente, que encontramos nossa essência, nossa missão de vida, nossa razão de ser e nossa melhor parte. Lá, encontramos os elementos para definir nosso propósito de vida e entender o porquê de permanecer na profissão escolhida, amando-a, com ética e integridade, não se deixando levar por sentimentos que nos façam praticar atos perniciosos que podem macular nosso comportamento.

Lidar com as emoções (ausência ou excesso delas) é um dos grandes desafios dos tempos que vivenciamos, por isso é tão imprescindível ser acolhedor consigo próprio e saber reconhecer que precisamos ter crença espiritual (não importa o nome dado a ela) como filosofia de vida, pois ela irá definir a conduta que rege nosso modo de vida.

Vivendo nos tempos atuais muitas vezes se faz mandatório ter uma pausa em meio à agitação do dia e olhar para dentro de si. Afinal é daí que surgem as respostas para as mais diversas questões do dia a dia.

Certa vez, escutei uma frase que dizia: "A vida é curta demais para ser pequena." Quando ela se torna pequena? Quando você vive apenas para si.

Porque quando você dedica ao próximo o seu tempo, que é o seu bem mais precioso, a vida fica rica em tempo, espaço, realizações pessoais e sabedoria.

Esse é o caso da heroína deste livro. Ela é uma notória e graciosa advogada criminalista que sabe que necessita trilhar o caminho do amor à profissão, com dedicação aos clientes, e estar sempre atualizada das novas leis e abordagens, porque sabe que cada passo dado, cada descoberta, cada constatação de melhora significam uma imensa realização pessoal. Isso coloca no passado as memórias latentes e difusas de possíveis vidas passadas.

Ela sabe que tendo amor dentro de si, vai amar suas dúvidas, seus pensamentos confusos e será mais tolerante com os problemas alheios, tendo mais força e sabedoria para planejar as melhores defesas nos processos criminais. Agindo assim, será mais fácil trazer o amor que está escondido bem lá no fundo da sua alma, pois sem ele fica difícil entrar em sintonia com ela mesma. Ter alegria e saber se divertir é também um dos fatos primordiais na vida.

Assim procedendo, descobre que ao sorrir para si e para o mundo, consegue junto ao parceiro trazer seu corpo e sua mente ao equilíbrio, à consciência da vida como uma brincadeira saudável.

A característica solta e transitória do sorriso nos ajuda a olhar para a vida com menos peso. Encarar cada fato de forma crua, sem nos entregar completamente aos desvios da mente. Quando sorrimos, ficamos também mais resilientes.

Flavio de Alvarenga Coelho
Diretor Executivo da Golden Protection Seguros

SUMÁRIO

CAPÍTULO 1 .... .11

CAPÍTULO 2 .... .17

CAPÍTULO 3 .... .22

CAPÍTULO 4 .... .41

CAPÍTULO 5 .... .57

CAPÍTULO 6 .... .66

CAPÍTULO 7 .... .79

CAPÍTULO 8 .... .87

CAPÍTULO 9 .... .98

CAPÍTULO 10 115

CAPÍTULO 11 127

CAPÍTULO 12 136

CONCLUSÃO 149

DARIA TUDO QUE SEI PELA METADE DO QUE IGNORO 163

CAPÍTULO

1

Aquela segunda-feira era daquelas em que eu nunca deveria ter levantado da cama.

Não ouvi o despertador, cheguei atrasada ao trabalho. O salto do meu sapato ficou preso na calçada, fui puxar o salto e ele quebrou.

Na vaga onde estaciono o meu carro, algum engraçadinho estacionou mal e tive que ser milagrosa para colocar o meu carro na vaga sem danificar o do lado.

Quando cheguei na minha sala, a minha mesa estava com 15 cm de altura de processos para me atualizar. Ou seja, eu havia perdido o bate-papo informal que toda segunda-feira o advogado majoritário, **Lorenzo**, faz para saber o andamento dos processos em que cada um é responsável.

O mau humor da secretária era sentido a mil quilômetros de distância, significava que ela não iria facilitar a vida de ninguém, pois deveria ter levado alguma bronca pesada do **Lorenzo**, que nem sempre é muito educado.

Troquei de sapato, e comecei a trabalhar. Como não tive tempo para tomar um café da manhã completo, passei a beber café durante a manhã toda, enquanto lia os processos, meu estômago gritava de fome.

O telefone não parava. E para completar, não tive tempo para almoçar, pois tinha que comparecer a duas audiências.

Na primeira, correu tudo conforme o previsto. Estávamos no prazo e tudo estava a nosso favor.

Na segunda, esperamos, esperamos e o réu não apareceu. O advogado dele apresentou um atestado médico. Audiência remarcada.

Eu não quis voltar para o escritório, já que estava na cidade resolvi então tomar um drink num barzinho onde eu sabia que poderia tomar meu whisky e comer alguma coisa em paz.

Entrei, havia poucas pessoas, mas eram ainda 17 horas. O garçom já me conhecia, me encaminhou para a mesa que eu gostava. Enfim, um pouco de paz.

Fui até o toilette e quando entrei vi um homem sentado no chão do banheiro feminino. Achei que poderia estar bêbado, mas mesmo assim fui até ele e tentei ajudá-lo a se levantar, a se recompor, mas não fiz nenhuma pergunta.

Ele me olhou fixo e disse:

– Foi o Universo que mandou você para me ajudar, por favor guarde isto com você e se me acontecer alguma coisa entregue para o nome que está neste papel, a mais ninguém.

Enfiou uma bolsinha dentro da minha blusa com alguma coisa dentro. Tentou andar e caiu novamente, foi quando percebi que da camisa dele saía sangue.

Gritei! E logo o garçom e uns homens entraram. Contei que eu havia entrado lá naquela hora e o visto caído no chão.

Voltei para a minha mesa, continuei a tomar meu whisky e vi aquele lugar se transformar em uma "feira" de tanto entra e sai de pessoas. Vi a polícia perguntando quem tinha visto o homem por último.

Um policial veio até a minha mesa, me identifiquei e ele me perguntou se ele havia falado alguma coisa, me dado algo etc. Pegou meu telefone e avisou que iria precisar do meu testemunho oficial.

Minha intuição me disse que eu havia me metido em algum problema sério. Pois, numa segunda-feira, às 17h, surgiu tanta gente em um local tão pequeno.

Algo me pareceu fora do contexto.

Quando vi alguns repórteres, e o garçom apontando para a minha mesa, pensei rápido, colaborar, pois sei do que eles são capazes de fazer para conseguir falar com alguém.

A vida de uma namorada de jornalista famoso nos dá experiência para sairmos fácil de uma situação como aquela.

Deixei-os se aproximarem, e pedi que um de cada vez fizesse a pergunta que quisesse e deixasse o caminho livre para o colega. Me tornei simpática. Eles perguntaram o que queriam e foram embora.

Finalmente, deixaram-me em paz, pois eu era apenas a pessoa que ao entrar no banheiro feminino encontrara um homem sentado no chão. Para eles nada interessante.

Fiz o que eu jurara para mim mesma só fazer em caso de emergência. Ele atendeu, e eu rapidamente contei o que tinha acontecido, claro, omitindo que havia algo dentro da minha blusa. Ele pediu que eu mantivesse aquela informação e se eu lembrasse de alguma coisa, não falasse com ninguém até sabermos quem era aquela pessoa que eu encontrara no banheiro.

Voltei para casa, resmungando sobre as segundas-feiras.

Liguei a tv para assistir ao noticiário e para minha surpresa meu rosto apareceu como tendo sido a pessoa que encontrara o homem desmaiado no banheiro feminino e que morreu a caminho do hospital.

Lembrei que ele colocara algo na minha blusa enfiei a mão dentro dela, e lá estava uma sacolinha de pano preto com três pen drives e um pedaço de papel com um nome e um número de telefone escrito. Notei também que o saquinho preto estava manchado de sangue e que na minha pele também havia sinal de sangue. Como sou curiosa, resolvi ver o que tinha neles, talvez fossem o motivo por ele estar morto.

O que vi me deixou a par do que o ser humano ganancioso é capaz de fazer. Se usassem a mesma inteligência que usam para o mal fazendo o bem, o mundo seria bem melhor.

Num dos pen drives que o homem morto me dera constavam os nomes de pessoas que faziam parte de uma quadrilha, que estavam fazendo transações inescrupulosas em determinadas empresas. Dava o nome de suspeitos, números de contas de bancos, valores, empresas parceiras que colaboravam para que o plano desse certo e a quantia final roubada, depositada em uma conta no Panamá, em cujo nome ele ainda não descobrira.

Constava ainda o apelido _Dubai,_ que era quem havia mandado matar o acionista **Técio Rocha**, que descobrira o que eles faziam. Esta pessoa era funcionária da empresa O'Brien & Smith.

Quando assisti ao último pen drive fiquei boquiaberta, aquele papel era para ser entregue ao **Heitor**. O número de telefone que ali constava, para minha surpresa, tinha o nome e o telefone do meu namorado, que é jornalista de uma revista semanal.

O interfone toca e o porteiro avisa que um senhor estava lá embaixo. Autorizei a entrada dele.

Era o advogado majoritário da empresa em que eu trabalhava, **Lorenzo**, meu padrasto.

Ao entrar ele perguntou se eu estava bem, e se já tinha ouvido que o homem que eu encontrara estava morto.

Balancei a cabeça afirmativamente.

Conversamos um pouco e ele me perguntou se eu não queria contar o episódio inteiro, pois ele me conhecia bem e sabia que havia mais alguma coisa, pois eu jamais ligaria para ele se não houvesse tido a certeza de que havia algo podre ali.

Resolvi então compartilhar com o **Lorenzo** o conteúdo dos pen drives. Depois de vermos todos, ele me aconselhou a alugar um cofre em um banco para com o passar do tempo sabermos se realmente devíamos entregar aquelas provas ao meu namorado.

E me fez prometer que a minha declaração à polícia seria a inicial, ao entrar no banheiro vi um homem caído, me assustei e chamei o garçom, assim não haveria nenhum risco de contradição.

E assim eu fiz. Aluguei um cofre e deixei os pen drives ali guardados. Só o futuro iria dizer o que fazer com eles.

Se eu ia entregar ao meu namorado? Não tinha certeza se o faria.

Meu namorado e eu estamos em uma relação há cinco anos.

Eu sei que ele me ama, mas eu só gosto dele, sinto que, do meu lado, não é o amor da minha vida. Há momentos ótimos entre nós, porém eu não sinto que **Heitor** seja uma pessoa com quem eu gostaria de formar uma família.

Ele não mede esforços para lançar notícias, não se preocupa se aquela notícia irá ou não causar danos às pessoas. O importante para ele é divulgar em primeira mão as notícias.

Ele é falsamente um jornalista imparcial, cujo caráter acho questionável. Mas será que sou tão perfeita que posso julgar alguém? Sei lá, esse pensamento me confunde.

Ele tem uma enorme rede de informantes, alguns porque recebem algum dinheiro dele para lhe passar informações confidenciais, outros para que ele não publique algo que poderá prejudicar a empresa ou a pessoa, outros ainda para benefício próprio, pois o que interessa a ele é se manter em evidência.

Devido a esse lado dele que conheço bem, eu preciso descobrir algo mais sobre os nomes que constam nos pen drives, para decidir se os entregarei ou não ao **Heitor**.

CAPÍTULO

2

Meu nome é **Maria Eduarda**, tenho 28 anos, sou solteira, e advogada criminalista. Trabalho desde os 16 anos na empresa do meu padrasto (chamo-o assim, porque ele foi mais do que um pai para mim).

Entrei como pequena aprendiz e fui estudando e galgando promoções até me formar e fazer parte da empresa como advogada criminalista.

Mas ninguém sabia da minha ligação com o **Lorenzo.**

Minha mãe, uma mulher muito bela, mas de pouca cultura e ligeiramente preguiçosa para os estudos, achava mais fácil ser uma "garota de programa" do que estudar. Ela gostava de fazer sexo e segundo alguns clientes era imbatível no ofício.

Tinha uma lista de clientes fiéis. **Lorenzo** era um deles. Um dia, por acaso, **Lorenzo** viu a minha foto e do meu irmão e perguntou à minha mãe por que ela não nos incluía no programa Pequeno Aprendiz, para evitar que tivéssemos o mesmo tipo de vida dela, já que ela dizia não querer para os filhos uma vida igual à sua.

Meu irmão, **Duda**, mais novo do que eu 2 anos, não quis, mas eu aceitei e fui trabalhar na empresa do **Lorenzo.**

Quando aceitei começar a trabalhar, minha mãe me explicou mais ou menos a relação dela com o **Lorenzo.**

Entendi, mas não me sentia com capacidade para julgá-la. Pois ela me disse que começar a trabalhar significava não ter um futuro igual ao dela. Entendi pouco, mas trabalhar me agradava.

Entrei para a empresa dele com 16 anos e jurei a mim mesma nunca contar que já o conhecera antes. Nunca ninguém soube de nada na empresa.

Eu era um pouquinho a "filhinha de todos", entrara muito jovem, todos sabiam que eu queria crescer na vida, não me envolvia nas fofocas da empresa, não paquerava ninguém, sabia que era bonita, mas fazia questão de não me exibir. Pois morria de medo que soubessem que eu era filha de uma "prostituta".

Estudar muito e ser a primeira colocada em uma universidade do Rio de Janeiro provou que eu realmente queria progredir na vida. Os resultados eram sempre excelentes, e comecei cedo o estágio ali na empresa mesmo, o que me dava vantagem sobre os outros alunos.

E assim procedendo recebia mais carinho e respeito dos advogados que ali trabalhavam.

Meu pai, eu achava que não sabia da vida que minha mãe tinha nas tardes, em que dizia que ia jogar biriba com as amigas. Ela tinha um belo apartamento no melhor bairro da cidade, ricamente mobiliado, onde marcava os encontros. Ela sabia aplicar o dinheiro, os clientes a ensinavam a aplicar o que ganhava, e não era pouco, e quando ela faleceu, devido a um infarto do miocárdio, enquanto transava com um cliente, que por acaso era o seu advogado, deixou um seguro de vida para mim e outro para meu irmão, o apartamento da cidade para mim, o dinheiro que estava no banco, uma quantia enorme, deveria ser dividido entre eu e meu irmão, e me deixou beneficiária de um plano de previdência privada, a casa em que morávamos era própria, e nem meu pai sabia, pois pagava o aluguel na administradora. E o aluguel ia para a conta da minha mãe.

A casa deveria ser dividida entre meu irmão e eu, por desejo expresso dela.

Naquela data não entendi por que ela não deixou nada para o meu pai.

Voltando ao momento atual, sentei no sofá e fiz uma retrospectiva do momento em que eu vira o homem sentado no chão. Lembrei-me de ter visto ele tirar da boca algo e colocar na mão, foi quando em seguida colocou dentro da minha blusa.

Se o bar estava quase vazio, será que ninguém tinha visto aquele homem entrar no banheiro feminino?

Como será que ele chegou lá? Resolvi não pensar muito sobre o acontecido e esperar para ler nos jornais do dia seguinte.

Nos jornais da manhã seguinte estava estampado o retrato de um lindo homem chamado **Alan Duboc**, 40 anos, vice-presidente de uma das maiores holdings financeiras do país.

Era casado, tinha um filho e fora atingido por dois tiros, que causaram a sua morte.

Em letras menores, mostrava o meu retrato, como sendo a pessoa que o encontrara no banheiro feminino e um pequeno curriculum de quem eu era.

No escritório todos queriam saber a sensação de encontrar um homem bonito que sangrava. Curiosidade mórbida. Eu balançava os ombros e dizia "fiquei assustada".

Como o nome da empresa de advocacia em que eu trabalho fora citado, os diretores queriam conversar comigo. E a minha explicação foi detalhar todos os meus passos na véspera, desde que acordei, até entrar no banheiro e dar de cara com o homem sentado no chão.

Ou seja, eu não poderia ter atirado naquele homem. Eles sugeriram que eu não esperasse a intimação da polícia para prestar esclarecimentos, que eu fosse acompanhada de um advogado da empresa à delegacia e espontaneamente prestasse depoimento.

À noite foi a vez do meu namorado me fazer as perguntas possíveis e impossíveis do fato acontecido. Como bom jornalista, as perguntas eram objetivas, mas mantive firme o meu depoimento dado, e não falei nada sobre os pen drives.

Três dias após o ocorrido fui acompanhada do **Bernardo**, o melhor criminalista da empresa, prestar o meu depoimento.

Primeiro queriam saber por que eu estava naquele bar às 17h. Expliquei sobre as audiências no fórum ali perto, e o porquê de ter escolhido aquele bar. Era pequeno e podia se beber um whisky em paz.

Queriam saber se eu vira alguma coisa na mão do homem, ou se ele segurava algo. Respondi que não tive tempo de ver nada, pois mal entrara, o vira sentado no chão, ao me aproximar, vi o sangue saindo de sua camisa e gritei.

Queriam saber para onde eu fui após gritar. Respondi que voltei à minha mesa e comecei a beber meu whisky, pois estava assustada e de repente não dava para sair dali.

Pelo motivo de ter aparecido muita gente, eu ficara sentada na minha mesa e os repórteres vieram falar comigo, e após falar com eles pude ir embora.

Agradeceram e pediram que se eu me lembrasse de mais alguma coisa os avisasse.

Ao sairmos da delegacia, fiz um comentário com meu colega, lembrando que no dia do ocorrido, devido à confusão, eu me esquecera de pagar a conta.

Bernardo sugeriu irmos até a cidade, no mesmo bar onde tudo aconteceu, na tentativa de que, como eu estava mais calma, talvez me lembrasse de alguma coisa a mais.

E lá fomos nós. Ao chegarmos procurei pelo garçom que havia me atendido naquela tarde e lhe disse que havia esquecido de pagar a conta. Ele sorriu, e nos indicou a mesma mesa que eu estivera sentada naquele dia, e nos disse que os drinks eram por conta da casa, pela postura correta que eu tivera.

Agradecemos e nos sentamos. **Bernardo** puxou conversa com ele, enquanto eu olhava para o salão tentando me lembrar de alguma coisa.

Quando lá cheguei, naquele dia, me lembro de ter visto duas ou três mesas ocupadas, e numa mesa pouco distante da minha tinha um copo cheio, e sobre a mesa uma pasta, mas não havia ninguém ali sentado.

Comentei sobre a minha lembrança com o **Bernardo**, e ele sagazmente conseguiu do garçom, que "parecia ter simpatizado conosco", a explicação de que aquele senhor havia entrado ofegante, falando como se estivesse bêbado, pediu um whisky duplo, pôs o que carregava sobre a mesa e foi direto para o banheiro. E o resto era o que eu já havia mencionado para a polícia. Terminamos nossos drinks, deixamos uma boa gorjeta e fomos embora.

Comentei para o meu namorado o que o garçom havia nos contado, afinal ele estava correndo atrás de notícias sobre o ocorrido. Nada mais justo que eu o atualizasse. Mas os pen drives, não tive vontade de os entregar.

CAPÍTULO
3

Vamos voltar um pouco no tempo, quando minha mãe faleceu. Fomos informados pelo advogado dela de que ela estava no escritório dele, fazendo algumas alterações das várias ações para aumentar a rentabilidade do portifólio em longo prazo, quando passou mal e foram para a emergência de um hospital, onde foi diagnosticado o óbito devido ao infarto do miocárdio (acidente vascular cerebral).

Providenciamos o enterro, e me causou espanto pela grande quantidade de coroa de flores que ela recebeu, sem o nome dos remetentes.

Alguns dias após o enterro dela, o advogado leu o testamento deixado por ela, em que somente meu irmão e eu éramos beneficiários.

Deixou também uma carta na qual contava que tipo de vida levava para ter todo aquele patrimônio. Falava também que meu pai sempre soube do que ela fazia durante as tardes, em que dizia que ia jogar biriba. Ele a aceitava desse jeito e com as necessidades que a levavam a se encontrar com outros homens.

Pedia que os filhos não a julgassem, pois era uma maneira de ela satisfazer o prazer que tinha por sexo e também deixar um patrimônio para os filhos.

Meu irmão ficou vermelho de raiva ao saber que era filho de uma prostituta. Eu, já sabedora de uma parte da vida dela, continuei não a julgando.

Nessa ocasião eu já estava trabalhando no escritório do **Lorenzo**, ele não foi ao enterro, mas enviou uma coroa linda, com o nome da empresa em que eu trabalhava.

A morte da minha mãe e a revelação da herança que ela deixou para mim e para meu irmão me deixaram bastante desgostosa com a vida, e, por que não dizer, com raiva do Universo. Eu preferia que ela continuasse viva, a receber a fortuna que ela nos deixara. Que diacho de vida é esta que leva alguém querido tão jovem ainda? Por que ela sendo casada tinha que se encontrar com outros homens para fazer sexo? Que diacho de prazer era esse?

Eu era o xodó dela. E fiquei triste por ela ter partido, sei lá para onde. Passei de uma mulher alegre para uma mulher questionadora sobre os desígnios do Universo. O que todos chamam de Deus eu chamo de Universo.

Questionei meu pai por ele nos dizer que não sabia da vida dupla que minha mãe levava. Gritei com ele, chamei-o de mentiroso e frouxo. Ele começou a se lamentar e eu aumentei ainda mais o tom da minha voz, perguntando por que ela era obrigada a ter aquela vida.

Ele me respondeu que ela não era obrigada, ele mantinha a casa, e nada material faltava a ela ou para nós, seus filhos. Continuei chamando-o de mentiroso, por fim ele "confessou" ser fraco na cama, minha mãe era viciada em sexo, e ele a amava demais para perder os prazeres que ela lhe dava, eram momentos maravilhosos, e para não a perder, fingia que não sabia do apartamento onde ela se encontrava com os clientes.

Fiquei com mais raiva ainda, e perguntei:

– Então você não sabia satisfazê-la no sexo?

Ele quase chorando falou:

– Eu fazia sexo com ela diariamente, ela me deixava completamente satisfeito e exausto, eu tentava fazer tudo que ela gostava, mas ela nunca ficava satisfeita, ficava querendo mais e mais. Eu ficava desesperado por não conseguir satisfazê-la. Ela era insaciável, tinha muito, mas muito prazer no sexo. Sempre que terminávamos de fazer sexo, ela ainda se masturbava para se sentir mais ou menos satisfeita.

Perguntei a ele por que ela não deixara nada de bens materiais para ele. Ele me respondeu que, em certa ocasião, ela havia lhe dito que homem que não satisfaz a mulher, ela tendo que buscar fora o prazer que desejava, não merecia receber recompensa nenhuma, ela até já fazia muito, lhe dando o prazer do sexo.

Então, entendi o porquê da minha mãe deixar tudo para os filhos.

Enquanto eu conversava com meu pai, meu irmão, sentado num canto da sala, ouvia ele falar sobre a vida sexual da nossa mãe, até então ele sabia que ela levava vida dupla. Mas pensava que ela tinha apenas um amante. Ouvindo meu pai falar que sabia que ela tinha clientes, e citando alguns nomes, ele escutou o nome do pai de um amigo dele.

Começou a chorar, dizendo odiá-la, e a xingá-la, reclamando que sentia vergonha de ser filho dela, que nunca mais iria pronunciar seu nome ou rezar por ela. Começou a rasgar os retratos dela que tínhamos na sala.

Eu então perguntei:

– Você vai doar os bens que ela lhe deixou? Pois se você a odeia não deve querer nada que venha dela.

Ele parou de chorar imediatamente e disse:

– Doar? Eu posso odiá-la, mas desistir da herança jamais. Inclusive se você fala em doação é porque quer a minha parte. Desista, maninha, o que é meu é meu.

Começou a rir de mim, fazendo um gesto obsceno com o terceiro dedo, e continuou:

– Vai ver você herdou o vício dela, por isso não a julga.

Não me controlei e fui para cima dele dando-lhe vários socos no rosto, chutando-o, enquanto ele não parou de rir não parei de bater nele. Lógico que também apanhei, mas como o peguei desprevenido os machucados dele foram bem maiores, porque fiz questão de acertar as partes íntimas dele com o salto agulha 12 do meu sapato. Ele começou a sangrar e soltou um grito lancinante.

Como meu pai não conseguia me segurar, não sei como eu tinha tanto vigor, creio que a raiva me fazia forte, ele me soltou e se posicionou entre mim e meu irmão.

Aí nós paramos, porque não tivemos coragem de empurrá-lo da nossa frente e continuar a nossa briga.

Meu pai socorreu meu irmão, que estava bem mais machucado do que eu. Tinha perdido 2 dentes da frente, o nariz sangrava, o salto do meu sapato havia penetrado nas partes íntimas dele. Meu pai o colocou no carro e levou-o para um hospital, tendo o meu sapato preso nas partes intimas do meu irmão.

Não me incomodei por ter batido nele, tratei logo de avisar ao advogado que colocasse a casa à venda, pois ficar no mesmo teto com meu irmão eu não queria.

Meu pai ficou com meu irmão no hospital, ele teve que ser operado, o salto do meu sapato fez um estrago sério, se haveria sequelas, o médico não sabia. Se iria afetar o desempenho sexual dele, o médico não soube dizer. Só o tempo nos daria essa resposta.

Quando meu pai me contou, eu disse a ele que não queria saber de nada, pois meu irmão tivera o que merecia por falar da nossa mãe, daquele jeito, ela poderia ser o que fosse, ela nos trouxera ao mundo, e nos amou muito. Se teve a infelicidade de se casar com um homem que não a satisfazia não podíamos julgá-la. O problema era entre eles.

Como no testamento ela deixava todos os bens móveis da casa para mim, avisei ao meu pai que estava chamando um leiloeiro e iria colocar tudo de dentro da casa à venda.

Ele me olhou assombrado e me disse que como era funcionário público estadual iria pedir transferência para outra cidade e precisava de um tempo para providenciar a mudança. Ele não pretendia ficar no Rio, onde tudo lhe lembrava a minha mãe, e olhar para mim era ver a beleza e o sorriso dela o tempo todo.

Passados alguns dias, meu irmão voltou do hospital e eu lhe comuniquei que assim que meu pai se mudasse, eu enviaria todos os móveis para um leiloeiro, e a casa ficaria vazia e seria colocada à venda. Se ele não tivesse para onde ir eu deixaria a cama e o armário para ele ali ficar até a casa ser vendida. Lógico que se ele tivesse dinheiro e quisesse comprar a minha parte que avisasse ao advogado.

Ele me olhou firme e respondeu que em casa de puta ele não ficaria, iria para onde o nosso pai fosse. E ainda disse:

– Vocês mulheres se entendem, por isto a puta da minha mãe deixou mais bens para a puta da filha dela. E você quer que eu compre a sua parte na casa, para diminuir o meu dinheiro no banco.

Pensei, ele não havia aprendido a lição, dei-lhe várias bofetadas. Não sei de onde vinha a minha força. Desta vez, ele se encolheu, tipo posição fetal, protegendo as partes íntimas, e não tentou me bater. Perdeu mais alguns dentes.

Deixei-o deitado no chão, e fui saindo, mas minha intuição dizia para não dar as costas para ele. De repente, vi o braço do meu pai estendido na minha frente aparando um canivete que meu irmão tentava me acertar.

Aí foi a vez do meu pai dar um soco nele.

Ao ver que o canivete havia acertado o braço do meu pai, fiquei com mais raiva ainda, e gritei para o meu pai:

– Deixa comigo, que eu acabo com ele.

Arranquei o canivete que estava enterrado no braço do meu pai e fui para cima do meu irmão.

Duda assustado ao ver que o canivete penetrara no braço do nosso pai, e que eu o arrancara do braço e estava indo atrás dele com o canivete, saiu correndo. Nunca mais eu o vi.

Levei meu pai ao pronto-socorro. Ele foi atendido, levou alguns pontos no braço, voltamos para casa, sem pronunciarmos uma só palavra.

Sozinha em meu quarto, chorei, não pelo braço machucado do meu pai, não pelo fato de o meu irmão me chamar de puta, mas sim pelo fato de não ter mantido o controle sobre a situação. Deixei-me levar pela raiva, isso era inaceitável para mim. Eu havia erguido um canivete e estava pronta para desferi-lo no meu irmão, sem pensar nas consequências oriundas desse fato impensado.

Eu havia ameaçado enfiar um canivete em um ser humano, que por acaso era meu irmão. Mas para mim o fato mais perturbador não era porque ele era meu irmão, e sim porque ele era um ser humano.

Meu pai pediu transferência para outra cidade, deixou o endereço comigo e com o advogado. E só soube deles dois anos depois, quando recebi uma carta do meu pai com um convite de casamento. Meu irmão iria se casar com a filha da atual companheira do meu pai.

Não tinha o menor interesse em saber nada sobre eles. Ignorei o convite.

Aquela minha explosão de raiva seguida da agressão ao meu irmão mexeu comigo. Eu não me arrependia de o ter machucado, um pouco sobre o modo como ele se referia à nossa mãe, mas o maior incômodo era a raiva que eu sentira, aquilo não combinava comigo. Naquele momento, algo dentro de mim sofreu uma transformação. Nunca sentira por outra pessoa tanta raiva e tanta vontade de machucar muito, mas muito mesmo.

Questionava-me se eu realmente teria coragem de machucar ou até matar meu irmão com o canivete. Aquelas lembranças me faziam mal. Eu não me reconhecia, nunca fora agressiva e sempre fora de fácil convívio com os outros.

Conseguia sempre resolver os problemas com uma boa conversa e bons argumentos. Quem era aquela pessoa que se deixou levar pela raiva a ponto de partir para a agressão física? Quem era aquela pessoa que não soube manter o bom humor e correu o risco de praticar atos que poderiam lhe custar uma vida inteira de arrependimentos?

Todos no escritório notaram a diferença em meu olhar, que antes era alegre e contagiante, agora, no entanto, era triste e nostálgico. Meu padrasto me conhecia bem e me chamou para conversar. Relatei tudo a ele. Ouviu meus relatos e meus questionamentos e aí disse uma única frase, que nunca esqueço:

– Muitas vezes, para combatermos o mal, precisamos usar as mesmas armas que eles usam, ou seja, para nos defendermos devemos dar ao outro a mesma dor que sentimos. Só fui entender o significado dessa frase muitos anos depois.

Passados alguns dias, meu padrasto me chamou na sala dele e disse que eu deveria procurar respostas para os meus questionamentos em uma filosofia de vida chamada "espiritismo", e me deu um livro de Allan Kardec, e foi assim que ingressei no mundo misterioso e lindo do espiritismo/kardecismo.

O que é espiritismo? É uma religião monoteísta que acredita em vida após a morte, na reencarnação, na alma e nos espíritos.

Quem é Allan Kardec? Allan Kardec (pseudônimo de Hippolyte Léon Denizard Rivail, escritor francês, 1804-1869) formulou a doutrina reencarnacionista que pretende explicar, segundo uma perspectiva cristã, o movimento cíclico pelo qual um espírito retorna à existência material após a morte do antigo corpo que habitava, o período intermediário em que se mantém desencarnado, e a evolução ou regressão de caráter moral e intelectual que experimenta na continuidade desse processo.

Toda semana um livro sobre os mais variados temas ligados às minhas dúvidas era deixado na minha mesa. Eu sabia que eram deixados pelo **Lorenzo**, e gradativamente passei a pesquisar na internet, se outras pessoas também tinham dúvidas, e se havia algum lugar onde pudesse falar francamente sobre os meus pontos de vista.

Descobri e passei a frequentar uma reunião semanal para esclarecer meus temores, minhas dúvidas e algo mais que estivesse guardado dentro de mim e precisasse ser descoberto.

Se eu tinha dúvidas deixava perguntas dentro de uma pasta na mesa do **Lorenzo**. Ele prontamente respondia com outras perguntas, o que me obrigava a me aprofundar nos estudos espirituais.

Meu pai jamais tivera comigo alguma abordagem sobre a vida e suas projeções. Seu foco sempre fora satisfazer os prazeres carnais da minha mãe. Nós éramos simples ador-nos para ele. E não tendo sucesso com ela, ele se submetia a uma vida medíocre.

Meu irmão, apesar de se revoltar com a vida promíscua que nossa mãe levava, não recusou a herança. Achei uma incoerência. Se ele condenava a forma dela de vida, chamava aquela herança de maldita, por que não doou para alguma instituição de caridade? Isso para mim é hipocrisia.

O advogado do inventário ao me prestar conta contou que soubera pelo meu pai que o **Duda** ingressara no serviço público, prestara exame e agora trabalhava na alfândega.

Interessante é que meu irmão exigira toda a documentação dos valores que foram destinados a mim. Mais uma vez, disse os piores adjetivos sobre as putas e suas filhas. Disse mais, que se pelo menos ela tivesse feito uma divisão igualitária entre os filhos, ele até poderia ter um pouco de compaixão por ela ter um marido frouxo. Não me espantei com o comentário pejorativo dele. Era o que ele tinha para oferecer ao mundo.

Para entender melhor o conflito com meu irmão, intensifiquei o meu estudo sobre o motivo de estarmos aqui na terra, ou seja, estudei mais sobre o espiritualismo.

Eu já aprendera que a Terra é um planeta de provas e expiações. O simples fato de aqui vivermos significa que somos espíritos comprometidos com débitos que justificam qualquer tipo de sofrimento ou morte que venhamos a enfrentar, como contingência evolutiva, sem que tenha ocorrido um planejamento dos superiores celestes nesse particular.

Procurei descobrir se já havia vivido outras vidas e se tinham sido violentas ou não, pois para mim era inaceitável a violência e a raiva que sentira do meu irmão.

Pensei, e pensei, só uma resposta me parecia ser a que responderia as minhas questões: a reencarnação.

Fui descobrir o que era a reencarnação e para que ela existia.

A reencarnação é o retorno da alma ou do espírito à vida corpórea em um novo corpo físico. Portanto, em cada existência é possível viver novas experiências e progredir com objetivo de alcançar a plenitude, graças à misericórdia do Deus do Universo, que permite que a pessoa tenha uma nova chance e um novo recomeço para que o espírito alcance a perfeição.

Eu entendi, mas queria saber mais, por que meu pai, minha mãe, meu irmão e eu estávamos juntos aqui na terra como uma família? Por que o meu ódio em relação ao meu irmão, a ponto de quase machucá-lo seriamente? Caso eu o tivesse alcançado quando fugiu de mim...

Estudando sobre a espiritualidade, aprendi sobre a reencarnação. Aprendi que saber não é suficiente; devemos aplicar. Estar disposto não é o suficiente; devemos fazer. Então só me restava estudar mais e mais para encontrar respostas e minha paz interior.

Sobre a reencarnação aprendi que: somos nós que decidimos retornar com o corpo atual, com este pai, com esta mãe, com todas as suas circunstâncias atuais. Nada surgiu por "aleatório". Eu não sou um "acaso" no meio de um universo "hostil" e "caótico". Minha presença aqui, neste momento, é necessária e responde a um plano cuidadosamente elaborado.

Aprendi que eu quis passar por tudo isso. Quis experimentar minhas limitações físicas e o aprendizado que vem com isso. Quis mergulhar no mal-entendido para que, um belo dia, começasse a me lembrar de que eu era algo mais do que meu corpo e meus bens materiais.

Ninguém me obrigou. Nenhum "mal" veio lá de cima ou de qualquer outro lugar para descontar em mim algum acaso.

Eu escolhi (por amor). Sou responsável. Estou no comando, mesmo que tentem me convencer do contrário.

O poder sempre está em mim. E é disto que se trata esse jogo: que eu finalmente assuma a responsabilidade por minha vida, que eu me conscientize de que não é por acaso que estou vivendo o que queria para transcender as situações e iluminá-las com meu entendimento. Não posso culpar a "má sorte" ou fazer o que quero, tenho que assumir o que é correto para diminuir meus débitos anteriores.

Por isso retornei...

No espaço, os espíritos formam grupos ou famílias unidos pela afeição, pela simpatia e pela semelhança das inclinações. Felizes por se encontrarem juntos, esses espíritos se buscam uns aos outros. A encarnação apenas os separa momentaneamente, porque, ao regressarem à Terra, reúnem-se novamente como amigos que voltam de uma viagem. Muitas vezes, até, seguem juntos na mesma encarnação, vindo aqui reunir-se numa mesma família ou num mesmo círculo, a fim de trabalharem pelo seu mútuo adiantamento.

Mas eu ainda não entendia por que quatro pessoas tão diferentes estavam reunidas na minha família. Não gosto de dúvidas e continuei pesquisando.

Bem, uma reencarnação na mesma família é totalmente possível. Isso acontece quando um filho, por exemplo, ainda tem questões a resolver com determinado parente, como a mãe. Se ele deu muito trabalho a ela ou se a maltratou de alguma maneira, o seu espírito pode voltar para a mesma família, a fim de que este consiga uma espécie de redenção.

Mas, dependendo da situação, esse espírito pode ser reencarnado em uma família diferente.

Às vezes um pai alcóolatra fez uma família sofrer tanto, espalhando discórdia, batendo em sua esposa e xingando os filhos, que ele morre e passa pela reencarnação numa família miserável, onde ele, agora, é o filho que sofre.

Aos poucos fui entendendo como o Universo funcionava com relação ao aperfeiçoamento do espírito, e por que havia tantas diferenças entre membros da mesma família.

As provas são os desafios a que somos submetidos, e as expiações representam os "castigos" pelos desvios cometidos.

Cada indivíduo tem as suas próprias provas para suportar e elas são escolhidas de acordo com o progresso que precisa ser feito.

Às vezes o Universo usa a raiva para que possamos compreender o infinito valor da paz. Não temos que ser fortes. Só temos que ser flexíveis para sobreviver neste mundo pleno de prazeres e tentações.

A vida possui duas faces: a boa e a má. Uma é a face da violência, do orgulho ferido, da vaidade mesquinha, do medo. A outra é a da paz, da confiança no bem, da vitória do amor, da dignidade.

Vagarosamente fui assimilando algumas realidades...

Porém, algo ainda me incomodava, eu era advogada criminalista, e das boas. Já havia conseguido diminuir em muitos anos a sentença de alguns réus. Mas isso me incomodava, se o réu havia errado, deveria pagar pelo que fez, por que eu deveria lutar para diminuir a sentença dele?

Por que eu não conseguia ir para outra esfera do Direito?

Eu era conhecida como a advogada que dominava um júri, que expunha as evidências de uma forma considerada perfeita, sabendo usar as palavras e os tons certos para abrandar os corações dos jurados e daí a diminuição das sentenças e ou até mesmo a absolvição em alguns casos.

A absolvição de um réu que eu tinha certeza da sua culpa me incomodava, era como se eu tivesse feito um trabalho malfeito. Por um lado, o cliente estava feliz, mas a justiça não tinha sido feita no meu ponto de vista.

Eu havia usado minhas habilidades para presentear alguns criminosos. Eu pensava em mudar para outro setor do Direito, mas me sentia covarde caso fizesse isso. Era como fugir de algo que eu tinha certeza de que não podia evitar de praticar.

No escritório sempre que havia um processo que fosse necessário partir para um julgamento com júri, eu sempre era automaticamente incluída, nenhum dos outros advogados questionava a minha inclusão, pois sabiam que eu sempre, até então, conseguia que nossos clientes recebessem dos jurados uma pena injusta, já que o réu merecia uma penalidade maior.

Como odeio ter dúvidas e não procurar saná-las, estudei com mais afinco o espiritualismo, porém uma série de perguntas ficava sem respostas, então decidi fazer uma regressão de vidas passadas.

Eu queria entender por que quanto mais eu me questionava, mais sucessos eu conseguia na carreira, isso não me deixava confortável com a minha profissão, "advogada criminalista."

Mas, ao mesmo tempo, eu sentia que era exatamente ali que eu devia ficar e estar. E fazer o melhor que eu pudesse. O que para alguns era muito difícil, para mim, enfrentar um júri, encará-los e os desafiar, era muito fácil. Eu sempre tinha dos jurados as melhores sentenças e muitas vezes absolvições.

Acoplado a essa facilidade vinha o talento, a aptidão e a inteligência de olhando firme para uma pessoa perceber o quanto era de mentira e o quanto era de verdade o que uma pessoa estava me dizendo. O que tudo isso representava, o que o Universo queria de mim me dando essas qualidades?

Sem medo de descobrir fatos graves do meu passado decidi fazer regressão de vidas passadas!

O que é regressão espiritual de vidas passadas?

De acordo com o espiritismo, a regressão é uma forma de terapia de autoconhecimento. Por meio de um método de imersão psíquica, os pacientes conseguem relembrar acontecimentos ocorridos em vidas passadas, entendendo a raiz de alguns medos e traumas. Em alguns casos, é feito utilizando a hipnose.

O que é a hipnose?

A hipnose é um estado alterado de consciência que possibilita o acesso ao inconsciente, no qual se encontram emoções, sentimentos, hábitos e memórias de longo prazo que as pessoas não podem controlar no nível consciente.

Lorenzo entendeu o porquê de eu estar me envolvendo com a regressão de vidas passadas, mas temia pelo que eu pudesse descobrir. Estaria eu preparada para o que descobrisse? O que eu faria com o que fosse descoberto? Minha saúde mental poderia aguentar as verdades que fatalmente apareceriam?

Ele sugeriu que eu me fortalecesse mais espiritualmente para então fazer a regressão, pois dependendo dos resultados as coisas podiam piorar, mas também podiam melhorar o meu mundo atual.

Procurei os melhores terapeutas que tratavam desse assunto com seriedade e comprometimento. Uma pergunta comum que eles me faziam era se eu saberia lidar com o que descobrisse em meu passado. E lá se foram mais sessões para me preparar para descobrir o que havia em minhas outras vidas passadas.

Aconteceram várias sessões e mais várias e mais várias sessões, e muitos meses de tentativas de regressão foram feitos até que eu conseguisse me conectar com algumas pequenas lembranças passadas.

Após conseguir me lembrar da primeira, foi como acender uma enorme luz e sair de uma imensa escuridão.

Descobri que há várias encarnações eu vinha como advogada criminalista, sempre ajudando as pessoas queridas a diminuírem suas dívidas passadas e também a esconder atos pouco ortodoxos que elas cometiam. E assim acumulei algumas dívidas, pois as ajudava a encobrir os males que haviam praticado.

Nesta vida eu viera com muito conhecimento do Direito e com o passar do tempo esse conhecimento me colocaria num topo de onde eu deveria engolir minha vaidade diante dos sucessos que alcançaria, bem como ajudar aqueles que mereciam receber as penalidades pelos erros cometidos.

Ao meu pai eu devia ajudar a se livrar de vícios, os quais o haviam destruído em vidas anteriores. Eu pensava que era ajudar meu pai por ser viciado em minha mãe. Porém ela já estava morta e eu sentia que não era esse vício que eu deveria enfrentar para ajudá-lo.

À minha mãe eu não devia nada, ela fora minha irmã em outras vidas e me aceitou como filha nesta vida para que eu pudesse ajustar minhas dívidas com meu pai, com meu irmão e alguns clientes que iriam aparecer em minha vida futuramente. Se ela adquiriu dívidas na atual encarnação, não me foi permitido saber.

Ao meu irmão, eu devia ajudá-lo a se encontrar, não amenizando seus atos, teria que enfrentá-lo sempre, não importava qual fosse o assunto, eu teria que com meu conhecimento fazer com que ele fosse penalizado pelos atos errados nos quais estivesse metido; não consegui descobrir que tipo de atos seriam. Sentia que eu deveria confrontá-lo seriamente sempre, e nunca dar as costas a ele, pois era traiçoeiro. Ele talvez fosse uma das poucas pessoas que conseguiriam despertar em mim sentimentos tão negativos.

Eu devia ainda prestar auxílio a várias pessoas que teriam que pagar por seus erros, e eu as havia ajudado a continuar nesses erros em vidas passadas, conseguindo que fossem absolvidas.

Ou seja, eu sabia que eram culpadas e como boa criminalista eu os havia ajudado a se livrarem de irem para a cadeia. Isso aumentava a minha dívida, pois eu sonegara provas das falcatruas para conseguir a absolvição ou até mesmo diminuir em mais de 70% suas penas, que seriam mais justas mediante os crimes por eles praticados. Logo, suas dívidas espirituais só aumentavam, e consequentemente as minhas também.

Lorenzo fora meu pai na última encarnação, e ele viera nesta vida atual para me ajudar a cumprir as minhas promessas feitas quando reencarnei.

Agora eu entendia por que tinha tanto carinho por ele.

Inclusive tornei-me advogada criminalista tendo o meu "padrasto" como guru. Desde que comecei meu estágio sempre procurei ser justa e adequar as defesas que faço em prol do cliente, desde que eu tivesse "quase a certeza" de que o meu cliente estava sendo processado injustamente, ou pelo menos com uma parcela mínima de culpa. Algumas vezes, senti que havia conseguido uma sentença branda demais para o crime que o cliente praticara.

Isso me deixava amargurada. Mas eu teria que aprender a lidar com essa verdade, e praticar o que eu havia prometido ao reencarnar. Ou seja, não me deixar levar pela vaidade de ter aptidão para dominar um júri e conseguir absolver quem não merecia ser absolvido.

Ao me graduar após fazer o meu juramento, tive uma longa conversa com meu padrasto e expus o meu ponto de vista, uma vez que ele havia me iniciado na doutrina espiritualista. Eu não me sentiria à vontade em defender um criminoso perverso, que cometera atrocidades. Ele me disse que eu estava sendo egoísta ao fugir de ser uma advogada criminalista, pois sabia que minha intuição me dava a certeza de estar no lugar certo.

Ele me fez entender que fugir de prestar ajuda a alguém que precisava de meus serviços, com as qualidades que eu tenho – o dom das palavras certas para os momentos adequados –, sendo sagaz e sabendo como controlar um júri popular com meus argumentos sólidos e fazendo com que as evidências fossem vistas de forma verdadeira e brilhante, sendo inclusive um divisor de águas entre a condenação e a absolvição, era desperdiçar a chance de nesta vida cumprir minhas promessas feitas ao reencarnar.

Se o réu fosse um ser humano perverso e tivesse prejudicado alguém, eu tinha que contribuir para que ele pagasse pelo seu crime, essa é a posição de um criminalista, seja ele espiritualista ou não. Deverá atender ao seu dever com honra e dignidade, procurando, porém, no cumprimento de sua obrigação, não ser incoerente nem se valer de meios e subterfúgios moralmente escusos.

Ficou claro para mim, estudando a doutrina espiritualista, que em qualquer área em que atue o espírita deve pautar sua conduta pela ética e pelo respeito à verdade. Seja médico, engenheiro ou advogado, ninguém está imune a essa exigência. Pois toda dissimulação e toda mentira acarretarão mais tarde, para a pessoa, as consequências das quais ninguém pode fugir.

Depois de muito estudar e dirimir minhas dúvidas, entendi que o advogado contratado ou o advogado público, se tiverem convicção com respeito à culpa do cliente, poderão postular em favor dele outros direitos, jamais a absolvição por negativa de autoria. Poderão, por exemplo, pleitear diminuições de pena, caso fossem devidas, excludentes da ilicitude (exemplo: legítima defesa), se cabíveis, e a aplicação de pena mais branda, inclusive as denominadas penas alternativas, se preenchidos os requisitos legais.

Se o advogado por ser espírita não quer enfrentar situações desse tipo, para estar em paz com a própria consciência, pode tentar o deslocamento para outra área de atuação, passando a atuar, por exemplo, no ramo de família, da infância e da juventude.

Eu sou uma pessoa imensamente vaidosa com relação às minhas qualidades como advogada criminalista. Sei o meu valor e o tamanho do meu conhecimento na minha área de atuação e sei muito bem como manipular provas e trazê-las para me favorecer.

Será que eu saberia abrir mão de vencer um processo, permitindo que o réu se safasse da justa condenação? Vaidade, num julgamento, não se aplica se tenho que diminuir minhas dívidas passadas, não é coerente. Eu deveria engolir minha vaidade e fazer o que era correto para que o réu recebesse a pena adequada ao seu crime. Esse foi o meu propósito ao reencarnar.

Pensei em ir para outra área do Direito.

Minha consciência, no entanto, me dizia que eu deveria continuar na área criminal. Era como se eu tivesse a certeza de ter que ali ficar praticando a advocacia para reparar erros do passado. Eu conheço colegas que por serem espíritas optaram por atuar na área de família. Mas isso são problemas pessoais deles.

Outra dúvida que eu tinha era, se o cliente fosse culpado, e valendo-se de mentiras e artimanhas, me induzisse ao erro, e eu consequentemente o livrasse de uma pena que, afinal de contas, era o que ele merecia. Eu teria que pagar por esse erro?

Lendo, assistindo a palestras e estudando profundamente a espiritualidade, ficou claro para mim que não haveria nenhuma espécie de responsabilidade minha perante o Universo, apenas a lição de não ter percebido o quão mentiroso o cliente era.

Então para melhor conhecer o ser humano, me matriculei em cursos de psicologia aplicada, bem como atitudes comportamentais, e tudo que se referia à psicologia e ao ser humano.

Se eu errasse em algum julgamento, não seria por falta de estudo. Nenhum ser humano é perfeito, mas evitando cometer erros a chance de acertos é bem maior. Sim, eu queria me libertar de débitos de vidas passadas.

CAPÍTULO

4

Aparentemente minha vida estava normal. Porém, eu não parava de pensar no homem morto. O que levaria um homem com um padrão de vida tão alto a ter em seu poder aqueles pen drives com conteúdo tão incriminador, e por que fora assassinado?

Fiquei surpresa com um telefonema do meu pai, que havia lido a notícia no jornal e queria saber se por acaso eu estava ferida e se eu conhecia o falecido. Respondi o que já havia dito na delegacia.

Meu pai, desde que se mudara para o interior, nunca havia me procurado, exceto quando enviou o convite de casamento do meu irmão.

Depois desse primeiro telefonema, ligou outras vezes para ter certeza de que eu estava bem e para saber detalhes do ocorrido. Fiquei ainda mais "encucada" quando alguns dias depois meu pai veio pessoalmente saber de mim. Queria que eu contasse todos os detalhes, se eu havia recebido algum papel, e para disfarçar o seu interesse alegou que ficara preocupado com a minha segurança, e caso tivesse recebido algum documento, estava colocando minha vida em risco, pois onde há morte sempre acontecem acidentes...

Não havia motivos para essa aparente preocupação. Minha intuição me fez convidá-lo para almoçar e assim sondá-lo, para saber que tipo de vida ele estava levando e o porquê de tanto interesse por mim, repentinamente.

Decidi dar um xeque mate nele, e perguntei olhando firme diretamente para ele:

– Pai, o que você tem com a morte do homem que eu encontrei no banheiro?

Ele engasgou com o que estava bebendo, e disse:

– Como assim?

– Não se faça de tolo. Eu sei que você não leva a vida honestamente, eu sei que usa o seu emprego de funcionário público como fachada, e a maior parte do seu dinheiro vem das falcatruas que você e seus comparsas fazem. – Peguei o pulso dele, apertei bem forte e disse – Não minta para mim, mamãe sempre disse que você é um canalha esperto.

Ele se encolheu na cadeira, eu apertei mais forte ainda o pulso dele, ele pediu mais um whisky. Eu encostei mais a minha cadeira na dele e disse:

– Fala a verdade, não abuse da minha paciência, fale. Lembra do canivete que tirei do seu braço?

Senti o corpo dele estremecer.

Ele começou a falar, continuava como funcionário estadual, havia conhecido uma viúva e estavam vivendo juntos. Ela tinha uma "empresa de lavagem de dinheiro". Ele facilitava a transferência dos valores de diversas firmas para paraísos fiscais. Ele conseguia tornar a operação válida usando seu cargo na coordenadoria financeira estadual, fazia isso porque assim podia ajudar a mulher dele.

Olhou para mim e disse:

– Isto é segredo entre advogado e cliente, não estou falando isto como seu pai, e sim como seu cliente.

Olhei séria para ele e não respondi nada.

Se fosse antes de eu me tornar espiritualista, eu iria esbofeteá-lo ou até mesmo morder seu braço com muita raiva até arrancar muito sangue.

Mas pedi luz aos meus protetores, contei até cem, e consegui me acalmar, e sem demonstrar nenhum sentimento, perguntei:

– Por que o interesse em saber se eu recebi algum papel do falecido **Paul**?

– Porque antes de morrer o falecido contou a uma pessoa que ele pensava ser do bem o nome de algumas pessoas e o nome de empresas que estavam sendo fraudadas, tendo inclusive descoberto na empresa dele quem estava acobertando a fraude. Ele iria denunciar ao Poder Público o que estava sendo sonegado. Se você tem algum documento corre perigo de ser morta também, pois quem o matou não tem medo, executa quem estiver atrapalhando a operação, você é minha filha, e não quero vê-la morta. Me dê o documento que você recebeu e tudo ficará bem.

Olhando firme para ele, cinicamente respondi: – Não tive tempo de receber nada, só o vi e gritei.

Ele respirou aliviado.

Não larguei do pulso dele e continuei perguntando:

– Quem está por trás da morte do **Paul**?"

– O nome de quem foi o assassino eu não sei, mas foi alguém da organização que faço parte para validar os desvios de dinheiro.

– Se já saiu em toda a imprensa que não recebi nada, por que você está tão preocupado comigo?

– Seu irmão não é o líder da organização, faz parte, mas teria o maior prazer em descontar em você a surra que ele sofreu no passado. Por isto tenho receio que queira se vingar. Diante disto me ofereci para vir descobrir o que você sabia.

– Qual a função dele no grupo? – Perguntei.

– Nada demais, ele simplesmente facilita a entrada ou saída das pessoas que levam dinheiro através da fronteira do país. Ele é funcionário da alfândega.

Ele disse que meu irmão era casado com a filha da atual mulher dele e tinha vários privilégios na organização.

Pensei, tenho um pai corrupto, uma mãe prostituta, e um irmão também corrupto. Que família!

Ele não havia percebido que toda a nossa conversa estava sendo gravada no meu celular, e como não expressei nenhum sentimento negativo diante de tudo que ele falava, não se envergonhou em dizer que haviam pedido a ele que viesse me ver para descobrir se eu havia recebido algum documento ou qualquer pista que fosse do homem assassinado. Acrescentou ainda que, como eu era uma advogada criminalista bem-conceituada, quem sabe estivesse interessada em ganhar muito dinheiro.

Mencionou, inclusive, que haviam pensado no meu irmão para vir falar comigo. Mas ele mentiu e disse que não éramos muito amigos, e que para ele, seu pai, eu jamais mentiria. Disse também que ele sempre fora desde a minha infância o meu confidente pessoal e que nunca ocultara nada dele.

Ao final, ele estava bêbado, deixei-o no hotel e tinha no meu celular tudo que começava a fazer sentido do porquê de ele estar tão preocupado se eu havia recebido algum documento do homem morto no banheiro feminino.

No dia seguinte, fui até o hotel onde meu pai estava hospedado e o tratei bem e desejei uma ótima viagem, como se nada me lembrasse do que fora conversado na véspera, e o tranquilizei de que não tinha recebido nada do homem assassinado. Vi seus olhos brilharem e esboçou um sorriso de felicidade.

Após a visita do meu pai, fiquei mais e mais interessada em saber tudo sobre a vida do falecido **Paul**, para quem sabe descobrir o nome das pessoas que estiveram com ele na tarde da sua morte.

Descobri que era bem casado com uma vida suntuosa, tinha um filho que estudava na Inglaterra.

Morava em um maravilhoso apartamento em Ipanema, já tendo sido fotografado e considerado espetacular pelas revistas de decoração, jardinagem e paisagismo.

Procurei nas redes sociais/internet se ele alguma vez tinha sido visto junto a meu namorado. Juntos não, mas frequentavam os mesmos eventos sociais. Pensei, se frequentavam o mesmo ambiente, deveriam se conhecer.

Qual seria relação do falecido com meu namorado? Seria o morto uma "fonte" de notícias para o **Heitor**?

Eu sei que o **Heitor** é um excelente jornalista, já recebeu vários prêmios nacionais e internacionais, e não mede esforços para conseguir fatos e notícias que o deixam na categoria dos que praticam o jornalismo com excelência, porém nem sempre praticando a boa e velha ética, pois por baixo dos panos ele praticava atos não muito adequados do bom jornalismo, atos em benefício próprio para conseguir segredos e assim conseguir ter fama e prestígio no meio jornalístico.

Quem começou a fazer perguntas ao meu namorado fui eu. Conversando com ele, como se não tivesse nenhuma importância, falei que havia visto a foto dele e do falecido em um evento no passado. Ele riu e disse que conhecia o falecido, eram amigos e que este era uma ótima pessoa, de princípios éticos e vida exemplar. Ele era um workaholic (vem do inglês e significa alguém que trabalha muito e que não consegue se desligar do trabalho).

Já a esposa do falecido, continuou ele, era uma jovem empresária, de 35 anos, que trabalhava na mesma holding do marido, uma empresa de importação e exportação. Empresa super bem cotada no mundo empresarial e nas festas sociais, a esposa era mais assídua do que ele e dificilmente eram vistos juntos nos eventos oficiais. Mas ela apesar de ser muito bonita e elegante, não era muito bem-vista pelos seus pares.

Como eu ia quase sempre aos eventos com meu namorado, comecei a forçar as minhas lembranças, sobre pessoas vistas e com quem, e por algum tipo de acontecimento que pudesse ter me chamado a atenção naquela época.

A revista semanal de notícias em que o **Heitor** trabalha trouxe na semana seguinte uma reportagem completa assinada pelo meu namorado sobre o falecido encontrado por mim no banheiro feminino.

Contava que naquele dia ele fora participar da inauguração da Bolsa de Valores que era bem perto do bar onde fora encontrado e havia sido visto por todos os presentes, já que fora ele quem fizera o discurso de abertura do evento.

Estava alegre e bem-humorado, afinal, ele era um dos participantes da ideia de a Bolsa de Valores ser construída naquele espaço.

A Bolsa de Valores é o clube das corretoras de valores. É o local onde são negociadas as ações, derivativos de ações, títulos de renda fixa, títulos públicos federais, derivativos financeiros, moedas à vista e *commodities* agropecuárias.

Representantes dos maiores acionistas de diversas empresas estavam presentes, pois era um evento do interesse de todos.

Depois que o falecido fizera o discurso de abertura, às 15 horas, não fora mais visto.

A revista mencionava ainda que no seu enterro estavam presentes as pessoas mais bem relacionadas do país. Sua esposa, **Rachel Duboc**, estava firme durante todo o enterro, ela não chorava. O filho não viera da Inglaterra para assistir ao enterro. Fato esse comentado com malícia entre os presentes.

De um modo bastante "fofoqueiro" a revista comentava que entre os presentes corria o boato de que o falecido estava falido. Que o filho não viera porque a viúva não tinha dinheiro para pagar a passagem.

Prometiam na próxima edição contar sobre o teor do testamento do falecido, se existisse, e outras notícias que fossem pertinentes àquele crime.

Um detalhe que meu namorado me contou foi que na missa de sétimo dia havia representantes de vários orfanatos que eram ajudados pelo falecido. E disse mais, que desde que se casou, ele era doador frequente para aquelas instituições. Acrescentou ainda que ele não tinha vícios e era conhecido como homem de bem, vivia para o trabalho e para a família.

Comentei então de forma singela, sem que deixasse transparecer meu interesse, que ele deveria ser um homem bom, pois se preocupava em fazer doações aos mais necessitados.

Meu namorado não disse nada. Mas eu o conhecia bem, eu tinha certeza de que havia algo que ele sabia e não queria me contar.

Algumas semanas depois, veio a reportagem sobre o testamento do falecido **Paul Duboc**.

O colégio do filho na Inglaterra estava pago até o garoto completar todo o curso, ou seja, até aos 17 anos.

O apartamento estava em nome de uma instituição de caridade. Se a viúva quisesse continuar a morar ali teria que pagar aluguel.

Na conta bancária havia apenas cem reais.

As ações que ele tinha da holding já haviam sido vendidas. Ele passara a ser apenas um funcionário do alto escalão da holding.

Os bônus que funcionários graduados recebiam anualmente já haviam sido entregues a ele naquele ano.

Nos cartões de crédito não havia nenhum débito a ser pago, estava zerado.

Toda a carteira de ações de outras empresas que ele tinha também havia sido vendida.

Ou seja, a viúva herdou apenas a pensão do INSS.

Havia ainda anexado ao testamento um exame de DNA em que constava que a criança não era filho biológico dele, por isso ele não o registrara.

E por esse motivo ele nada deixava para a viúva e o filho dela.

Vindo à tona o testamento do falecido **Paul**, a viúva tornou-se uma forte suspeita de encomendar a morte do marido.

A reportagem era assinada pelo meu namorado. Que fontes ele usara para saber com tantos detalhes sobre o testamento? E por que expor a criança daquela maneira?

Passei a vê-lo sob outro olhar, não havia compaixão nele. Eu sabia que ele era cruel em algumas reportagens e, apesar de praticar alguns detalhes que não eram louváveis na carreira dele, eu sempre me enganava dizendo que ele era "obrigado" a expor fatos a respeito das pessoas da elite.

A partir daquela publicação, me aprofundei em conhecer melhor o caráter do **Heitor.**

Nós estávamos juntos há alguns anos, porém cada um morando na própria casa, e talvez por comodismo eu não me preocupava por não sentir por ele o mesmo que ele sentia por mim. Ele fazia questão de demonstrar sempre seu amor. Eu sorria de um modo que sei como derrubar uma pessoa, dando-lhe a falsa impressão de que o sentimento é recíproco. Mas eu só gostava dele. Ele era cômodo para mim. Ele estava sempre me cobrando para morarmos juntos. Mas eu sempre dizia não.

Eu o amava? Não, de forma alguma. Para mim amor era outra coisa mais bonita. Dessa forma, eu podia "estudá-lo" sem medo de ter o sentimento pessoal envolvido.

Procurei na internet as antigas reportagens dele, e coloquei na balança se eram de uma pessoa digna no ofício da profissão ou era uma pessoa capaz de cometer injustiças para conseguir êxito na sua empreitada.

Associado às antigas reportagens, e relembrando situações e comportamentos que ele tivera e tinha com as outras pessoas, cheguei à conclusão de que ele era um ser humano dotado de qualidades e defeitos. Mas havia um pequeno toque de crueldade nele. Era "ligeiramente" vingativo.

Para mim o sentimento de crueldade está ligado ao instinto de destruição; o que há de pior no ser humano.

Isso é sempre o resultado de uma natureza má que se formou por ter priorizado seus instintos bárbaros e egoístas em sua conservação pessoal. Além do mais, essa pessoa imperfeita está sob o domínio de espíritos igualmente imperfeitos que lhe são simpáticos.

A crueldade vem da ausência do senso moral, ou melhor, o senso moral não está desenvolvido, mas não que esteja ausente, porque ele existe como princípio em todos os seres; é esse senso moral que o faz ser bom. A superexcitação dos instintos materiais sufoca, por assim dizer, o senso moral, que acaba se enfraquecendo pouco a pouco, priorizando suas faculdades puramente selvagens.

Mas em contrapartida a essa crueldade que ele às vezes demonstrava, ele tinha excelentes qualidades que eu não poderia negar. Era fiel aos seus amigos, era um ótimo filho, excelente jornalista e como namorado eu só tinha coisas elogiosas para falar dele.

Enfim, eu também sou humana e plena de defeitos e qualidades, como posso julgar alguém? Parei de querer julgar o **Heitor** e decidi investir mais para descobrir sobre as pessoas mencionadas no pen drive.

Resolvi ir mais fundo e procurar por informações sobre o acionista morto, **Tércio Rocha**. Era o presidente do Conselho de uma grande empresa farmacêutica. Descobri que ele morava em São Paulo e morrera há 6 meses. A polícia não tinha conseguido avançar nas investigações, constava que morrera durante uma viagem ao Rio de Janeiro. Fora atingido por dois tiros. Ficara hospitalizado por alguns dias, mas não sobrevivera.

Lembrei-me do outro nome mencionado no bilhete, _Dubai_, ou, melhor dizendo, o apelido de quem segundo o falecido seria o mandante do assassinato de **Tércio Rocha**.

O nome do mandante era de uma das empresas O'Brien & Smith S/A com a matriz no Rio de Janeiro.

Comecei a pesquisar as firmas que o falecido havia mencionado no bilhete e que estavam colaborando com o roubo.

A empresa do acionista morto estava incluída, bem como a do falecido no banheiro.

Como sei que meu namorado para investigar as coisas é pior do que cão perdigueiro, vai atrás de notícias onde quer que seja, resolvi montar um pequeno texto e enviar anonimamente para ele, sobre o **Tércio** (morto com dois tiros) e uma discussão que tivera com o funcionário da O'Brien & Smith cujo apelido era _Dubai_ (isso eu inventei, pois não tinha como saber).

Era agora esperar para ver o que aconteceria depois do envio da notícia anônima.

Passei a ir aos eventos com mais frequência e ficava observando as pessoas e tentando ouvir os boatos e as conversas que rolavam, pois nesses eventos, depois da primeira dose, as pessoas se soltam e fazem os comentários mais inacreditáveis que geralmente têm um fundo de verdade.

Soube que os pais do **Paul** evitavam qualquer contato com a viúva, após a leitura do testamento.

É interessante quando as pessoas são apresentadas a você e sabem que você é advogada, querem sempre uma consulta grátis. Dizem que é o caso de um amigo etc. Quando simpatizo com a pessoa, até tento orientá-la, sem me comprometer. Passei a não me incomodar tanto quando vinham me fazer perguntas. Eu aproveitava o momento para investigar também e assim ficar ciente do lado mais podre das pessoas.

Tenho amigos médicos, que dizem que todos querem sempre uma consulta gratuita, no momento da apresentação. Querem sempre o nome de um remédio milagroso, ou seja, ficar mais atualizados sem precisar pagar consulta. Seres humanos são bem interessantes.

Antes de eu ter encontrado o homem baleado no banheiro feminino, quando meu namorado me convidava para ir aos eventos com ele, eu ia e voltava logo, sempre dando uma desculpa para sair mais cedo. Após esse acontecimento, passei a ficar até o final, inclusive, passei a ir aos finais de semana nos spas, nas vernissages, nos salões de beleza onde a elite frequentava e a lugares onde podia me atualizar sobre os últimos acontecimentos.

Eu ouvia muito e falava pouco. Fiquei sabendo da vida dos grandes nomes que frequentavam as colunas sociais e a internet, e, lógico, tudo de bom e ruim que falavam deles.

Depois que enviei anonimamente para o meu namorado o nome de quem podia estar envolvido no assassinato do **Tércio Rocha**, ele passou a ficar misterioso e muito ansioso, quase que esperando por novas dicas.

Contou para mim que desconfiava que o centro da quadrilha estava fixado no Rio de Janeiro, e eu perguntei se o motivo não podia ser desvio de dinheiro. Ele me olhou e disse "você é gênio"!

Respondi com um sorriso "singelo":

– Gênio não, apenas lido com clientes capazes de tudo por dinheiro. Tenho certeza que muito dinheiro deve estar envolvido nesta morte.

Como todo jornalista, ele possui fontes que lhe passam informações sigilosas, que muitas vezes nós pobres mortais não sabemos e nem imaginamos como conseguem.

Mas o respeito que ele tinha por essas "pessoas", ou seja, "fontes", não era dos melhores. Elas eram fiéis a ele por dinheiro ou para evitarem que algum "podre" fosse publicado.

Porém, eu também, como advogada criminalista e conhecedora do que um ser humano é capaz de fazer, tenho "fontes" para descobrir informações sobre as pessoas.

Esse era o meu dilema em entregar os pen drives ao meu namorado. Não queria ser considerada uma "fonte". Se eu entregasse a ele os pen drives, eu sabia que ele tentaria no futuro por meu intermédio descobrir outros tipos de informações que nós advogados sempre estamos atualizados. Eu não esquecia que ele havia exposto todo o testamento do **Paul.**

Não era só o fato de eu virar "uma fonte" para o meu namorado, era entender por que o falecido no banheiro feminino deixou informações para serem entregues a ele. Seria ele uma "fonte" que passava informações da alta sociedade para evitar que seu problema familiar fosse exposto? Ou havia mais coisas escondidas?

E se ele era uma "fonte" por que o testamento do falecido foi publicado na íntegra? Algo de muito vingativo existia naquela reportagem.

O que mais meu namorado escondia? Antes de entregar os pen drives, eu iria descobrir a parte dele que ainda não conhecia. Passei a escrever bilhetes anônimos, com notícias mais ou menos reais, baseadas nos pen drives que o homem assassinado no banheiro feminino me entregara. Indicava nomes de empresas que estavam ali inseridas.

Passei a analisar mais profundamente os fatos e atos do **Heitor**. Como eu fazia para descobrir se um cliente estava mentindo ou escondendo provas e fatos, passei a usar as mesmas técnicas com **Heitor**. Descobri que ele é um ser humano normal com capacidade para bons e maus atos e também um excelente pesquisador. Descobri não por palavras, mas por seus atos, que ele estava na pista certa para encontrar o assassino.

Parei de tentar julgá-lo e foquei mais na minha carreira.

Percebi que minha carreira profissional era mais importante do que tudo na vida. E comecei a me afastar dele. Ele torcia o nariz, mas dizia que perder para a carreira profissional ele até entendia um pouco, pois era fascinado pela carreira dele.

E coincidentemente, foi um período em que tive muitos processos e alguns casos de julgamento com júri, o que realmente me deixou totalmente sem tempo para qualquer coisa pessoal. Nos tornamos bem distantes e descobri que realmente ele não era importante na minha vida. Eu só precisava encontrar o momento certo para sair dessa relação medíocre em que só ele amava.

Num desses julgamentos, em que todos tinham certeza absoluta de que o réu seria condenado, inclusive o próprio réu já admitia que iria ser condenado, pois só um milagre poderia acontecer para provar que ele era inocente, eu pude demonstrar com palavras e atos provas incontestáveis de que o réu havia "caído em golpe bem engendrado" e não tinha culpa de que seus documentos fossem tão bem falsificados.

A regressão espiritual de vidas passadas que eu estava fazendo me fez partir para ouvir mais a minha intuição, destrinchar e pesquisar os documentos ali apresentados, eu estava mais ligada em fazer sempre o melhor possível para que a verdade fosse demonstrada nos julgamentos e nisso o Universo estava a meu favor, me ajudando sempre.

Era um processo complexo, cheio de "armadilhas" fundamentadas de uma forma coerente, porém eu não me detive no processo de pesquisar, pesquisar, estudar, e foi aí que me lembrei das palavras do meu padrasto: "muitas vezes o mau tem que ser combatido com as mesmas artes."

Me lembrei de que tinha que usar as ferramentas certas para combater a injustiça, e fiz o que devia fazer, joguei pesado e passo a passo pude demonstrar e destruir "as provas fajutas" que estavam contra o meu cliente.

E sendo tão ladina quanto os "bandidos" que tentavam prejudicar meu cliente, consegui a absolvição dele. Foi muito comentado, e nosso escritório que já era conhecido pela excelência em advocacia foi mais uma vez elogiado em prosa e versos. E os colegas riam e diziam que para ter o júri a nosso favor só a **Maria Eduarda**.

Enfim senti que havia feito um ótimo trabalho, no meu conceito aquele réu merecia sim a absolvição.

Eu trabalhei bastante o meu ego para não o deixar me dominar, fazia questão de permanecer como sempre fui, sem afetação e sem deixar a fama me fazer sentir que "podia quase tudo". Foi difícil, mas senti que aquela vitória não estava dominando o meu ego, apenas me obrigava a estudar e trabalhar melhor. Já era um bom começo para controlar o meu ego.

Eu sei que na vida não devemos nunca misturar trabalho e relacionamentos pessoais, mas resolvi conversar com meu padrasto para ter uma opinião de alguém que não estava envolvido no meu dilema, que era o de entregar ou não os pen drives ao **Heitor**.

Quando pedi ao **Lorenzo** para conversar com ele em particular, ele sorriu e disse que já esperava que eu o procurasse.

Expliquei os meus motivos para não entregar os pen drives ao meu namorado, ele entendeu e concordou, principalmente pela reportagem da publicação na íntegra do testamento e da exposição da vida da viúva e do filho dela.

Não parei por aí, contei a ele o interesse do meu pai por mim ao saber da notícia pelo jornal. Liguei a gravação que havia feito com meu pai. Os olhos dele se arregalaram e ele comentou:

– Seu pai é pior do que eu pensava.

Eu havia quebrado a ética de não falar dos segredos de um cliente, porém meu pai não era meu cliente, então estava livre para mostrar ao **Lorenzo** a gravação da conversa que tive com meu pai.

Lorenzo me contou que meu pai era uma espécie de "cafetão da minha mãe", pois era o maior propagandista das qualidades do sexo que a esposa era capaz de praticar. Lucrava em benefício próprio com a informação sobre a qualidade da minha mãe de fazer sexo, fornecendo e recebendo informações para o setor estadual do qual era coordenador. Tinha sido meu pai quem dera o endereço da minha mãe para um cliente do **Lorenzo**, no passado, que necessitava de favores do setor em que meu pai trabalhava.

Por isso, **Lorenzo** tinha desprezo pelo meu pai.

Não fiquei com raiva do meu pai, apenas enojada. Caía por terra o argumento dele de que aceitava a vida dupla da minha mãe para não a perder. Ele levava vantagem, fazendo sexo com ela, e trocando informações privilegiadas com os clientes dela que o ajudavam no seu trabalho.

Agora eu entendia mais e mais o porquê da minha mãe não deixar nada para ele de herança. Entendi bem o cafajeste que meu pai era.

E por que será que ele havia me contado a sua "vida criminosa"? Estaria ele realmente bêbado como pensei, ou se fez de bêbado para me enganar ou até mesmo para pedir conselhos advocatícios no futuro?

Lorenzo concordou comigo que meu pai tinha alguma coisa em mente. Eu era uma advogada conhecida como excelente. Será que ele pretendia me pedir algum favor para alguns dos seus conhecidos, ou será que já teríamos entre nossos clientes alguém que tivesse sido encaminhado indiretamente por ele? E o convite para ganhar mais dinheiro, o que significava?

Passamos alguns finais de semana verificando as pastas de clientes e seus "crimes" e quem os havia indicado e qual era o tipo de crime que eles praticaram e que estavam sendo defendidos pelo nosso escritório.

Não identificamos nenhum que tenha vindo indiretamente. Mas a partir dessa data, ele passou a usar o argumento de que a empresa estava sobrecarregada, para dessa forma selecionar melhor os clientes que a empresa aceitaria.

CAPÍTULO

5

Nenhum fato novo relativo aos dois assassinatos, a única novidade era a polícia estar praticamente indiciando a esposa do **Paul Duboc** por contratar alguém para matá-lo.

Resolvi procurar saber sobre a vida dos diretores da empresa **O'Brien** & Smith e se havia alguém com o apelido _Dubai_.

Primeiro pesquisei sobre o presidente da empresa, o nome dele é **Jim O'Brien**. Sua empresa é um conglomerado formado por quatro companhias de logística. Ele é um homem extremamente rico. É graduado em administração de empresas, tendo feito MBA nos Estados Unidos. Ao voltar para o Brasil, herdou do pai uma quantia suficiente para abrir a primeira empresa. Como era um excelente comerciante, conseguiu que as grandes firmas dessem preferência para a organização dele, que era muito bem-organizada e administrada. Em dois anos, já tinha em seu nome duas empresas de logística, atuava principalmente no ramo do e-commerce no Brasil. Adquiriu mais dois estabelecimentos de pequeno porte do setor de logística. Passou então a atender mais de dois mil municípios com frequência mínima de duas vezes por semana.

A empresa então adquiriu 20 mil metros quadrados para armazenagem, manuseio e roteirização entre matriz e filiais atendendo mais 500 municípios por meio de agentes credenciados, além de explorar o mercado de entregas expressas e outros projetos logísticos.

Logo ele começou a se aventurar e diversificar em outros setores. Entrou no setor hoteleiro. Comprou ações de grandes hotéis diferenciados com requinte e características atemporais. Ele escolheu o grupo em três regiões diferentes, Norte, Sul e Sudeste.

No papel, sua ideia era ótima, ter uma companhia ajudando a outra. Tanto que suas companhias atraíram diversos investidores que aportaram capital visando valorizações expressivas.

Passei a pesquisar sobre o organograma do conglomerado de **Jim O'Brien**. E aos poucos fui anotando os nomes dos ocupantes nos diversos cargos da cúpula das empresas. Tentando descobrir o "apelido" de algum funcionário.

Segundo os pen drives que eu havia recebido, um dos funcionários com o apelido *Dubai* foi o mandante da morte do acionista **Tércio Rocha**. Até que ponto isso poderia ser verdade?

Mas eu precisava esquecer um pouco essas pesquisas, porque não era viável deixar meu trabalho de advogada acumular, uma vez que a clientela crescera bastante.

Uma tarde, fui chamada à sala do **Lorenzo**. Ele queria que eu conhecesse o advogado da empresa do falecido **Paul Duboc**, e a viúva dele, uma vez que ele desejava que nosso escritório assumisse o processo em que a polícia indiciava a esposa do falecido como mandante do crime.

Mas a empresa onde ela trabalhava confiava que ela não estava envolvida, e queriam ajudá-la contratando a melhor firma de advocacia do estado. Ele queria que nosso escritório estivesse no comando da defesa de **Rachel Duboc**.

Fiquei grata por **Lorenzo** haver me chamado para conversar com a **Rachel**. Foi interessante e decisivo conversar com ela e saber um pouco mais da vida matrimonial dela e do falecido **Paul Duboc**, pois assim eu poderia entregar os pen drives ao **Heitor** ou não.

De cara ela me olhou e fez um elogio relativo ao caso em que consegui a absolvição do cliente, há algumas semanas. Agradeci, mas lhe expliquei que se não tivesse a certeza de que a verdade estaria presente entre nós, eu não poderia conseguir êxito em nenhum processo. Eu queria a verdade, fosse ela qual fosse, pois caso contrário não aceitaria a defesa de quem quer que estivesse no polo passivo.

Inclusive, aproveitei para lhe dizer que o fato de estarmos tendo aquela conversa não significava que aceitaria defendê-la.

Ela foi "aparentemente" bem franca. Disse que realmente gostaria de ter o marido morto, mas que não tomara nenhuma providência para que isso acontecesse. Para ela, ele era mais valioso vivo. Sabia que ele usava o dinheiro em doações e que não herdaria nada. Ele próprio havia lhe dito que da parte dele ela nunca iria receber um centavo.

Contou que quando se casou já estava grávida, pois saía com dois pretendentes.

Paul a pediu em casamento, então ela aceitou, pois o outro pretendente havia lhe dito que não estava nos planos dele se casar, mas ela o amava demais e achava que aceitando **Paul** ele ficaria com ciúmes e poderia mudar de ideia, e ela então não precisaria se casar com o **Paul**.

Mas não aconteceu da forma que ela desejava. Casou-se com o **Paul** e não resistiu quando o outro ligou, foi ao seu encontro e continuou se encontrando com ele mesmo casada.

Desconfiado porque ela burramente saía uma ou duas vezes na semana à tarde sem dizer aonde ia, **Paul** então contratou um detetive e este descobriu tudo.

Depois de algumas semanas se encontrando com seu ex, este a largou dizendo que já que ela traía seu marido, ele não a queria nem como amante.

– Fiquei arrasada, mas achava que casada com o **Paul** tudo ficaria bem. Não mais saía durante as tardes. Mas ele ficou diferente daquele homem que era antes do casamento. Não me procurava, viajava muito a serviço e nem me convidava para ir com ele, o que fazíamos antes e era tão bom. Depois que meu filho nasceu, **Paul** me apresentou o exame de DNA que provava que a criança não era filho biológico dele, consequentemente não o registraria. Disse a ele que pediria o divórcio, e ele me deixou falando sozinha. Deu as costas e saiu. Quando o **Paul** me mostrou o DNA eu procurei o meu ex-namorado, o **Tércio Rocha**, mas ele riu de mim. Ele era estéril. O filho nunca poderia ser dele. Inclusive fez exame me provando que não era dele aquele filho. Pior de tudo foi ver o sorriso debochado dele, quando disse: "ainda bem que me livrei de você, pobre **Paul**, só não conto a ele para não aumentar a desgraça que foi ele ter se casado com você."

Engoli em seco, mas não disse nada quando ela mencionou o nome do seu ex-namorado.

– Fiquei amedrontada de pedir o divórcio – continuou ela –, e tive esperança de que me dedicando ao **Paul**, poderia conseguir diminuir a mágoa e a raiva que ele sentia por mim e quem sabe se afeiçoar ao meu filho. Por isto desisti de pedir a separação. Porém, foi uma vida infernal. Ele não olhava para a criança. Ele não tocava em mim. Tínhamos uma vida com todo conforto, mas da parte dele nunca recebi um centavo nem para mim e nem para o meu filho. A casa era abastecida por ele com tudo que havia de melhor. Os empregados eram pagos por ele. Ele só comprava para mim as coisas básicas. Dormíamos em quartos separados. As refeições quando fazíamos juntos era um silêncio sepulcral.

Quando eu quis **t**rocar o meu carro que ele havia me dado como presente de casamento, por não estar funcionando bem, ele se recusou a me ajudar. Foi quando pedi ao nosso padrinho de casamento, que é o presidente da empresa em que trabalho, que me desse um emprego. Aí pude comprar as coisas para mim com o meu salário, que é bem polpudo. Inclusive, depois que comecei a trabalhar ele deixou de pagar a manutenção do meu carro e a me comprar as coisas básicas. Caso meu filho se aproximasse dele, ele educadamente o afastava. Meu filho ficava de longe admirando-o. Uma vez o chamou de papai e ele gentilmente lhe disse que não era seu pai. Que perguntasse à sua mãe quem era o pai dele. Se tivéssemos que ir a algum evento obrigatório, cada um ia no seu carro. Meu filho contou para minha mãe que **Paul** havia lhe dito que não era o pai dele. Ela me chamou e tive que contar a verdade. Ela conversou muito com **Paul**, e tentou uma aproximação do neto com ele. Mas ele foi irredutível. Minha mãe então pediu a ele que providenciasse um colégio na Inglaterra onde o meu filho poderia ser matriculado e não teria que ser humilhado por parte de colegas, caso viesse à tona que ele não tinha o sobrenome do **Paul**. Ela arcaria com tudo, já que tinha uma irmã morando lá que poderia dar atenção nas férias para o garoto. Ela achava que se o neto fosse morar com ela, o escândalo seria maior e o garoto podia ouvir verdades que o magoariam. Complementou que se ela e o marido registrassem a criança como deles, seria um prêmio para mim, e eu era uma "vadia" que não merecia ser mãe. O melhor seria afastar a criança de mim. **Paul** providenciou o colégio na Inglaterra e o matriculou. O dinheiro que minha mãe entregou ao **Paul** foi usado para pagar totalmente o colégio até meu filho completar 17 anos. Minha mãe disse que inclusive ele pagou um pouco mais, para que o menino tivesse uma educação mais esmerada e incluindo disciplinas para prepará-lo para a universidade. Ele inclusive sugeriu à minha tia que adotasse meu filho. Ela assim o fez e a minha raiva e o meu ódio pelo **Paul** duplicaram. Minha mãe embarcou com meu filho, eu fiquei revoltada pela partida dele e pensei em infernizar a vida do **Paul**. Mas foi pior. Ele não se importava comigo. Era como se eu não existisse. Na empresa me tratava com bastante formalidade. Caso eu precisasse tratar de algum assunto relativo à empresa, eu tinha que agendar hora com a secretária e ela ficava na sala anotando a conversa. Morávamos na mesma casa, mas eu passava semanas sem vê-lo. Eu não tinha coragem de pedir o divórcio porque depois que minha mãe soube, também passou a me tratar com indiferença. O ambiente em que vivo é cruel e hipócrita. Todo mundo transa com todo mundo e se acham no direito de julgar os outros.

– Você não tem saudade do seu filho? – Perguntei.

– Já me acostumei a viver sem ele, onde ele está tem tudo do bom e do melhor, minha mãe tem razão, eu não sirvo mesmo para a maternidade.

Eu a interrompi e perguntei:

– E agora como você irá viver? A casa não é sua. Todos sabem que seu marido não lhe deixou nada.

Ela soltou um palavrão e me disse:

– Verdade, aquele maldito jornalista, amigo do **Paul**, expôs tudo.

Perguntei:

– Como ele soube tudo detalhadamente?

– Ele e o **Paul** eram muito amigos. Com certeza ele sabia que **Paul** e eu não estávamos bem, inclusive até se aproximou de mim tentando ver a possibilidade de diminuir o vazio que existia entre meu marido e eu, mas também nada conseguiu. Eu até desabafei algumas vezes com ele, porém ele me disse que **Paul** me amou demais e a decepção que fui para ele não era perdoável. Acredito que ele publicou tudo sobre mim em solidariedade ao **Paul**, para que todos soubessem da minha traição. Mas tudo bem. Meu filho está seguro. Eu tenho meu emprego e a pensão do INSS do **Paul**. Meu pai me emprestou um apartamento, então vou viver bem, sem ninguém me ignorando o tempo todo. Por um lado, **Paul** ter me desprezado me deu garra para me aperfeiçoar no trabalho, inclusive fui promovida, sem ajuda dele, mas por méritos meus. O setor que eu coordeno é um dos melhores da empresa.

O modo como ela se referiu ao setor em que trabalhava me fez pensar, e me propus a averiguar como ela conseguiu crescer na empresa.

– E o pai do seu filho? Ele sabe da criança? – Perguntei.

– Não – ela me respondeu.

– Se não era do **Paul**, nem do **Tércio**, quem é o pai de seu filho afinal?

– Não me lembro de ter transado com outros. Não me lembro, algumas vezes eu bebia demais e não me lembro do depois. Diante da resposta do meu ex decidi não dar entrada no divórcio – acrescentou ela. – Era a única maneira que eu tinha de me vingar do **Paul**.

Perguntei a ela:

– Por acaso a polícia sabe do seu envolvimento com o falecido **Tércio Rocha**?

Ela respondeu:

– Nunca me perguntaram nada.

Continuei:

– E quem mais sabe do seu envolvimento com o **Tércio Rocha**?

– Ninguém e agora você. Nunca disse a ninguém. – Respondeu ela.

– E penso que o **Paul** também não sabia, pois nunca me perguntou e quando me mostrou as provas que o investigador particular deu a ele, não havia o nome com quem eu me encontrava. Eu sempre ia me encontrar com o **Tércio** em um hotel, e nunca saíamos para programas que fossem feitos fora do quarto de um hotel. Só estou lhe contando porque sei que se eu lhe escondesse isso você poderia achar que sou culpada e não aceitaria me defender. Você é conhecida por exigir dos clientes a verdade, por pior que ela seja.

Não respondi nada. Anotei alguns dados. Fiz mais algumas perguntas. E nos despedimos tendo eu frisado que aquela conversa não significava a aceitação da defesa dela. Pedi um tempo para estudar o caso e saber se teria disponibilidade de assumir a defesa se ela realmente fosse incriminada.

Fiquei pensativa. Sinceridade demais desperta suspeitas. Na realidade honestidade fingida é desonestidade dobrada.

Ela sabia que o advogado deve guardar segredo das confidências do cliente, por isso ela contou alguns fatos da sua vida. O que será que ela ainda deveria ter me contado e não o fez?

Anotei para pesquisar sobre o processo da morte do **Tércio Rocha** e lógico também verificar atentamente como estava o andamento do processo sobre a morte do **Paul Duboc**.

Interessante observar que nos dois crimes o método era igual. Ambos mortos com dois tiros à queima-roupa. Ou seja, tiros dados contra uma pessoa que se encontra muito perto do atirador, e ambos tiveram um envolvimento com a **Rachel**.

Passei a pesquisar minuciosamente o departamento da empresa onde a **Rachel** trabalhava. O que ela fazia, quem eram seus colegas, onde almoçavam e tudo que fosse pertinente a ela e seus relacionamentos dentro e fora da empresa. E como ela se tornara tão competente a ponto de ter um setor tão produtivo.

Sem levantar suspeita, consegui por meio das minhas "fontes" cópia do inquérito sobre a morte do **Tercio Rocha**.

Li que ele estava no Rio de Janeiro para um workshop e foi morto quando saía do hotel. Um transeunte passou por ele e lhe deu 2 tiros à queima-roupa, o que significa que esbarrou nele e atirou.

Ninguém percebeu nada, pois ele andou alguns metros e caiu tentando voltar ao hotel. Foi socorrido, levado ao hospital, mas não resistiu e foi a óbito.

Não foi assalto porque nada foi roubado. Foi serviço de profissional.

Consegui também cópia do inquerido sobre a morte do **Paul Duboc**. Os tiros também foram à queima-roupa. A polícia acreditava que ele fora atingido na saída do prédio da Bolsa de Valores porque conseguira andar até entrar no bar próximo à Bolsa de Valores e ali foi encontrado baleado. Também trabalho de profissional.

Na morte do **Paul Duboc** a única provável suspeita era a esposa. Mas não ela mesma sendo a autora dos disparos. Suspeitavam que ela fosse a mandante, pois no dia em que o marido faleceu ela tinha álibi confirmado pela empresa em que trabalhava.

E se soubessem do passado da **Rachel**?

CAPÍTULO

6

Usando a internet e "as fontes" que eu tinha consegui descobri que o setor que a **Rachel** coordenava tinha fortes ligações com o setor de hotelaria do grupo de **Jim O'Brien**. Sempre que ocorria eventos externos e se no local houvesse hotéis do grupo de **Jim O'Brien** eles eram todos direcionados para aquele hotel. Se não tivesse, ela sempre conseguia manipular a data e o local dos eventos.

Procurei saber a quem pertencia a rede de hotéis onde o **Tércio Rocha** se hospedara. Não foi surpresa descobrir que era do grupo de **Jim O'Brien**. Provavelmente alguém da empresa do falecido **Tércio** também deveria ter algum link com a empresa O'Brien & Smith. Por onde eu deveria começar a pesquisa para tentar descobrir?

Fiz um levantamento sobre as pessoas que trabalhavam no setor que a **Rachel** coordenava e como eu poderia me aproximar sem despertar suspeitas. Mas não conseguia encontrar nenhum caminho.

Eu precisava conversar com o **Lorenzo**. Expor a minha recusa por não aceitar ser a defensora da **Rachel**, pois tinha dúvidas da honestidade dela. Era uma pessoa "aparentemente honesta" e "bem-intencionada". Não comentei sobre a relação dela com o falecido **Tércio Rocha**.

Ele então me perguntou se havia algum sigilo profissional na minha recusa e se eu estava lhe sonegando alguma informação relativa a ela. Abaixei a cabeça e me quedei silente.

Ele sorriu de uma forma provocadora e disse:

– Você pode estar enganada e ela ser merecedora da sua defesa.

Entendi a provocação, mas olhei séria e respondi:

– Tem muitas coisas ainda escondidas, e quando vierem à tona, ficaremos felizes de não estarmos ligados a esta mulher.

Ele sorriu novamente e me disse:

– Quando eu lhe encaminhei a **Rachel**, eu fui bem claro com o advogado e com ela, que conversar com você, já que ela exigia isto, não significava que nosso escritório aceitaria defendê-la.

Eu disse a ele:

– Nosso escritório não precisa deste caso.

Ele pegou o telefone e ligou para o advogado da empresa onde a Rachel trabalhava e comunicou que a nossa empresa não poderia aceitar a defesa dela.

O advogado queria saber o porquê. Lorenzo de uma forma bem diplomática explicou que como ele havia exigido que a defesa fosse feita pela advogada **Maria Eduarda**, a advogada mencionada não tinha tempo hábil para se dedicar àquela defesa, pois estava envolvida em duas outras grandes defesas já contratadas anteriormente, e isso era do conhecimento público, o que envolvia muita pesquisa e perspicácia. A defesa da **Rachel** necessitava de tempo integral e a advogada que eles preferiam não tinha esse tempo no momento.

Lorenzo ouviu um palavrão do outro lado e ele falando com alguém que a advogada que a **Rachel** queria não aceitara ser a defensora dela.

Imediatamente pensei comigo, isso logo vai estar nos jornais. Esse advogado é muito sem noção, alguém mais deve ter ouvido ele falar tão alto que nosso escritório recusa o caso.

Quando **Lorenzo** desligou expus para ele o meu pensamento. Ele balançou a cabeça concordando e disse:

– Nunca fomos procurados por eles.

Aproveitei e lhe informei que o **Heitor**, meu namorado, era amigo íntimo do **Paul** e expusera a **Rachel** por vingança por ela ter traído o amigo.

Continuamos a conversar e nos deparamos com a questão dos pen drives. Agora que sabíamos que o **Heitor** e o **Paul** eram amigos, deveríamos entregar os pen drives ao meu namorado. Mas deveríamos fazer de forma anônima, pois meu pai era da quadrilha que matara o **Paul** e sem deixar rastros ou impressões digitais que pudessem nos implicar.

Outro detalhe é que disse ao **Lorenzo** que estava na hora de eu acabar meu relacionamento com o **Heitor**. Eu não o amava, apenas me escondia por trás dele. Sim, eu tinha medo de que sem um namorado eu seria mais vista e mais desejada por outros caras, o que dentro de mim significava ser mais paquerada e isso me levar à prostituição. Pois eu sabia que era tão bonita quanto a minha mãe.

Lorenzo deu um pulo da cadeira e gritou comigo:

– Nunca mais diga isto, você nunca será uma prostituta. Você é uma advogada de respeito e muito bem qualificada no mercado. Sim, você tem a beleza da sua mãe, mas você é mais bela, porque tem mais classe, elegância e educação.

Eu chorei, foi como se um peso fosse tirado das minhas costas. As palavras do **Lorenzo**, que foi um dos melhores clientes da minha mãe, dizendo que eu era tão bela quanto ela e não tinha vocação para a prostituição, me fizeram renascer.

Eu só tivera um homem na minha vida, o **Heitor**. Nunca saíra com outros homens. Depois do desabafo do **Lorenzo** entendi que eu simplesmente estava livre para viver uma vida diferente da que estava vivendo.

Eu precisava sair com outros homens para entender da vida como eu entendia da minha carreira advocatícia. Sim, me conhecendo e sabendo fazer escolhas sábias e certeiras eu poderia ser uma mulher feliz no amor, tão feliz quanto eu era praticando a minha profissão de advogada.

Era um novo despertar na minha vida. Eu poderia me vestir melhor, me maquiar, cortar o meu cabelo, mandando embora aquela trança e outros hábitos que eu cultivava para que ninguém me notasse. Saí da sala feliz, aliviada, deixando para trás todos aqueles anos de medo em demonstrar a minha beleza e não usufruir das coisas boas da vida. Não que não tivesse vivido coisas bonitas com o **Heitor**, mas não eram o ápice da felicidade.

Dois dias depois, **Heitor** comentou que havia um boato de que eu recusara ser a advogada de defesa da **Rachel**, queria saber por que eu não aceitara ser a defensora dela.

Fingi espanto e perguntei:

– O quê?

Ele não respondeu.

Eu, ainda fingindo espanto, respondi:

– Vocês pensam que eu sou máquina? Eu estou cuidando de dois casos de relevância que não me deixam tempo para nada...

E aí me fiz de louca, comecei a falar, a falar e a falar, falei que precisava de tempo para comer, para dormir, para tomar banho etc., etc., etc...

– Será que sou a única advogada do mundo? Será que você é daqueles jornalistas que quando não têm notícias inventam? E quer que eu seja a advogada dela para lhe passar informações?

Ele me pegou pelo braço e pediu:

– Pelo amor de Deus, me desculpa. Eu sei que você é atarefada, eu só queria saber se você tinha alguma dica de que ela está envolvida, pois sei o quanto você é criteriosa para aceitar defesas, e se você tivesse recusado é porque havia algo escondido.

Aí sim, fiquei indignada e falei para ele ir embora, ele pensava que eu era o quê? Disse que ele estava me desrespeitando como advogada, achando que converso com clientes e espalho boatos e ainda jogo sujo, insinuando que recusei cliente, quando nem consultada tinha sido.

Abri a porta e o empurrei para fora, e disse com um tom de voz que sei como amedrontar as pessoas:

– Nunca mais me procure. Se você ousou pensar isto de mim, não há motivos e nem condições de continuarmos juntos.

Era a deixa que eu precisava para acabar meu relacionamento com o **Heitor** e fazer chegar às mãos dele os pen drives.

Sim, era o momento oportuno. **Lorenzo** providenciaria o envio dos pen drives de uma cidade o mais longe possível do Rio de Janeiro, assim não haveria conexão nenhuma comigo e eu já não teria mais nenhum vínculo com o **Heitor**.

Durante duas semanas **Heitor** tentou falar comigo e não respondi a nenhuma ligação dele. Deixei recado na portaria do prédio que ninguém poderia subir, inclusive ele. Me enviou flores, devolvi. Em cinco anos era a primeira vez que havia um desentendimento entre nós. Ele nunca havia me visto brava.

Aproveitei e fiz uma retrospectiva com relação aos meus sentimentos pelo **Heitor**, eu não o amava, e sabia que nunca iria morar junto a ele ou me casar, ele tinha sido a minha bengala para me esconder do mundo e não ser uma mulher disponível. Assim eu afastava os homens da minha vida.

Porém, a conversa com o **Lorenzo** me fez aceitar a minha beleza e acreditar que merecia me cuidar, viver e curtir a vida, pouco importando que minha mãe tivesse sido uma prostituta. Ela era ela, e eu sou eu. Duas vidas com contextos completamente diferentes.

Heitor me procurou no meu escritório e resolvi conversar e colocar um ponto final definitivo.

Expus que meu respeito e admiração por ele haviam sido quebrados e em hipótese alguma havia a mínima condição de voltarmos a sermos namorados. Ele fizera o que eu não aceitava em nenhum ser humano, que duvidassem da minha ética, mesmo que fosse por um só segundo.

Ele pediu desculpas, tentou argumentar e só encontrou o meu olhar silencioso. Ficamos sentados um olhando para o outro, ele com um olhar de súplica e eu com um olhar determinado que significava ACABOU!

Ele era inteligente e sabia quando um olhar determinado explica as ações do interlocutor.

Só perguntou:

– Poderemos ser amigos?

Respondi:

– Sim, somos pessoas civilizadas e profissionais, nossos caminhos com certeza irão se cruzar em alguns momentos da nossa trajetória. Tivemos um relacionamento com bons e maus momentos e só vou me lembrar dos bons momentos.

Levantei da cadeira, abri a porta do meu escritório e disse:

– Passar bem.

O olhar dele era de incredulidade!

Respirei aliviada. Conseguira sair daquele relacionamento sem nenhuma chance de voltar a ser namorada dele e fazia a última vontade do falecido **Paul**, que era fazer chegar ao **Heitor** os pen drives.

A partir daí, passei a aceitar mais convites, afinal eu era bem requisitada, e resolvi fazer uma transformação total no meu visual e no meu vestuário.

Realmente eu era bonita. Os colegas do escritório me olhavam como se me vissem pela primeira vez. **Lorenzo** brincou comigo dizendo:

– Eu nunca pensei que encontraria alguma mulher mais bonita do que a sua mãe, mas você está acima de tudo que ela tinha, enfeitiça as pessoas com o seu modo de falar cadenciado, deixa um rastro de beleza, mas o faz com tanta classe e elegância que deixa qualquer um estonteado diante de você. Vou ter que vigiar os seus pretendentes para só quem for o melhor entrar na sua vida.

Eu ri e disse:

– Sim senhor, papai.

Ele retribuiu minhas palavras com um olhar de carinho, respeito e admiração.

Algumas semanas depois compareci à inauguração do vernissage (evento cultural e comemorativo, para abrir ou inaugurar uma exposição de arte, normalmente no primeiro dia da exposição) de um dos pintores mais famosos da época.

Qual a diferença entre uma exposição e uma vernissage?

A diferença entre o vernissage e a exposição é a duração, o público e o objetivo do evento. A exposição possui uma duração mais longa, que pode durar meses, por outro lado, o vernissage é como o primeiro dia da mostra, o dia da abertura.

Claro que toda a alta sociedade estava presente, eu gostava muito daquele artista e não poderia deixar de prestigiá-lo. Fui com alguns amigos.

Conversas, risadas, drinks e bate papo informal, de repente olho à minha frente e vejo o **Heitor** me olhando extasiado, ele disse:

– UAH, você é de outro planeta! É muita beleza para uma mulher só!

Sorrimos um para o outro, trocamos cumprimentos e enquanto trocamos algumas palavras banais eis que de repente a **Rachel** aparece ao meu lado e diz olá para o **Heitor**, e este como fazia no passado me apresenta a ela como sua noiva. Eu disse:

– Muito prazer – e não corrigi o **Heitor**.

Ele me olhou, eu fiz um sinal com os ombros, de tudo bem. Continuei a conversar com as pessoas ao meu lado e bem baixinho ao meu lado a **Rachel** disse:

– Agora entendo por que você não aceitou me defender, você é noiva deste maldito jornalista.

Olhei firme para ela e respondi num tom de voz que quem estava do meu lado podia ouvir:

– Agradecida, senhora, por elogiar o corte do meu cabelo e me dizer que sou muito bela.

Ela sorriu e ainda respondeu:

– É, dizem que você além de bonita é íntegra, agora acredito.

Dei um meio sorriso e voltei a conversar com a pessoa ao meu lado. Notei que algumas pessoas nos observavam.

Heitor me pediu desculpas por ter me apresentado como sua noiva, e quis saber o que a **Rachel** havia falado, eu disse que nada de importante, apenas que meu cabelo é maravilhoso e que eu sou muito bonita.

Ele riu e disse:

– Isto é uma verdade que ninguém pode deixar de concordar. O que será que ela quer com você, para lhe fazer elogios? Será que foi ela que plantou a notícia de que você não a aceitava como advogada para pressioná-la?

Olhei para ele e não disse nada, mas ele entendeu meu olhar de censura. Voltei a conversar com as pessoas ao meu lado e ignorei o **Heitor**. Ele entendeu que tinha falado besteira e se afastou.

Uma elegante senhora chegou perto de mim e disse:

– Não gosto desta mulher que falou que você é bonita, é mansa demais e sorri muito. Não que você não seja bonita, você é bela, mas se ela lhe elogiou é porque está interessada em alguma coisa de você.

Olhei espantada e a senhora se apresentou, **Kathia**, assistente e esposa do diretor financeiro da empresa onde a **Rachel** trabalhava.

Sorri para ela, dei corda para que ela falasse da empresa, do marido e aos poucos fui tomando conhecimento da vida de cada um dos presentes no vernissage, quem gostava de quem, e o porquê de ela não gostar da **Rachel**, enfim, fiquei sabendo da vida de quase todas as pessoas ali presentes e ela era também irmã do presidente da empresa onde o falecido **Paul** trabalhara.

Me fiz de simpática e logo estávamos conversando sobre spa e modas, cabelereiros etc., e desse papo surgiram fofocas que corriam na empresa sobre vários funcionários.

Percebi logo que ela se postou ao meu lado, que ninguém queria ficar ao lado dela, cumprimentavam-na bem cerimoniosamente e iam saindo logo. Pensei, essa deve ser a pessoa mais linguaruda e perigosa do planeta.

Kathia logo se tornou "minha amiga de infância". Fiz questão de dar a ela tratamento super vip, a ouvi sem interrompê-la e gradativamente ela falava sem parar, e ia me contando tudo que eu lhe perguntava. Eu fazia questão de emendar uma pergunta na outra, usando o meu poder de fascinar as pessoas, o que eu sabia fazer muito bem, e ela ficava feliz em me responder, eu não lhe dava tempo de pensar muito.

Ela estava feliz por poder falar e ser ouvida.

Eu havia encontrado a minha "fonte" perfeita. Nos despedimos e marcamos de no próximo sábado nos encontrarmos no spa que ela frequentava.

Uma amiga ao meu lado me perguntou se realmente eu ia me encontrar com aquela mulher chata. De uma forma singela respondi que manter a minha beleza significava ir a spas, cabelereiros e lugares semelhantes. E o spa que aquela "senhora chata" frequentava só era possível conseguir marcar hora com indicação. Eu já havia tentado antes e não conseguira (pura mentira minha), inventei na hora.

Ela riu e disse:

– Realmente precisamos de lugares desta qualidade para manter o nosso padrão de beleza. Depois me conta como foi e se o local é bom mesmo.

E voltamos a conversar sobre amenidades.

E no sábado lá estava eu em companhia da **Kathia**. Eu estava pré-disposta a ouvi-la tagarelar. E não foi diferente do esperado.

Me contou como conheceu o marido, falou sobre os filhos e, claro, sobre a empresa onde o marido era diretor financeiro, ela assistente dele e meia-irmã do presidente da empresa.

Eu quis saber qual era o setor da empresa em que imperava a excelência do funcionamento.

Ela sorriu dizendo:

– É o setor do meu marido. Ele e eu zelamos para tudo estar em ordem. Antes que você me pergunte, supervisiono duplamente tudo que é feito ali, desde que o falecido **Paul** nos preveniu que ela não era uma pessoa confiável.

– Como assim? – Perguntei sem demonstrar muito interesse.

– Aquela moça, a **Rachel**, que eu te falei que não gostava dela, demonstra ser mau caráter. Há dois anos algumas faturas rasuradas foram encontradas no setor com a rubrica dela. O funcionário da auditoria interna encontrou essas faturas rasuradas, separou-as e me pediu para mostrar ao meu marido, como já eram 18h30 de uma sexta-feira e todos já haviam ido embora, ele olhou e guardou-as na gaveta que só ele e eu temos a chave. Na segunda-feira, ele teve uma reunião fora do escritório e na terça-feira quando pegou os documentos para levar para a reunião da diretoria com surpresa verificou que nas faturas que estavam ali não constavam rasuras. Haviam sido substituídas por outras em perfeita ordem. Ainda bem que meu marido não havia ainda conversado com os outros diretores sobre o assunto. Meu marido conversou com o funcionário que havia descoberto as rasuras e este jurou não ter comentado com ninguém. Passados alguns dias, a **Rachel** foi ao setor de RH toda chorosa para apresentar queixa contra o tal funcionário, por assédio moral. Era a palavra dela contra a dele. Como o presidente da empresa havia sido padrinho do casamento dela, o rapaz foi demitido. O mais interessante é que o falecido marido dela ficou ao lado do rapaz e não deixou que ele fosse demitido por justa causa, mas que recebesse tudo a que tinha direito e ainda conseguiu um emprego para ele em uma das grandes empresas da O'Brien & Smith, aqui do Rio. A partir dessa data, os funcionários ficaram na dúvida se podiam confiar nela ou não. Quando saiu nos jornais sobre o testamento do falecido marido, as pessoas perceberam que ela realmente é uma "vadia." Meu marido passou a odiar esta mulher, e vigia cada passo dela dentro da empresa, inclusive na ocasião contou ao falecido marido dela o que acontecera com as faturas rasuradas. Ele então providenciou para que alguns privilégios que ela tinha fossem cortados. Ela veio toda chorosa perguntar ao meu marido o porquê de algumas tarefas dela terem sido designadas a outro funcionário. Meu marido apenas respondeu que era para aprimorar o setor e deixá-la com tempo livre para desenvolver novas estratégias. Meu marido se lembrava bem de quais empresas eram as faturas rasuradas e deu algumas informações ao **Paul**, e este fez algumas descobertas interessantes, que estavam ajudando meu marido a providenciar a demissão dela. Mas agora que o **Paul** faleceu, não sei como meu marido vai conseguir levar adiante a demissão dela.

Rapidamente meu pensamento colocou a **Rachel** no assassinato do marido, ele poderia muito bem ter sido morto não só por ter descoberto falcatruas, mas também para evitar que a Rachel fosse demitida.

Ela olhou fixamente para mim e disse:

– Você deve estar se perguntando por que estou me abrindo com você, contando coisas tão particulares. Faço isso porque sei que você é a melhor advogada do país, e que recusou assumir a defesa da **Rachel**.

Com um olhar duro, cheio de censuras, respondi a **Kathia** que se ela pretendia me forçar a lhe dar informações sobre quem quer que fosse, eu lamentava muito, não tinha esse hábito. Olhei bem para ela e falei:

– Se você é assistente do seu marido, e me conta coisas particulares da empresa em que trabalha, você é leviana, antiética e não merece confiança. Tenho pena de seu marido por ter uma funcionária e esposa que não é confiável.

E continuei, dessa vez de uma forma mais séria:

– Lamento muito que você tenha se aproximado de mim visando obter informações de quem quer que seja.

Não tirei os olhos dela. E a vi sorrir e dizer:

– Me disseram que você é uma pessoa íntegra, discreta, leal, e realmente constatei que você é um diamante já lapidado. Pessoas como você são joias raras. Desculpe-me por haver lhe testado.

Continuei a olhá-la e lhe disse que se ela queria fazer parte do meu círculo de amigos, havia começado da forma errada.

No que ela rebateu:

– Muito pelo contrário, eu pude comprovar pessoalmente o quão leal e íntegra você é. Me sinto segura ao seu lado, sem ter medo de falar demais e o que falei virar papo do dia seguinte para pessoas que nem conheço. Por favor me perdoe por ter submetido o seu caráter à prova.

Terminamos nossa conversa e voltando para casa me perguntava onde a **Rachel** entrava na morte do **Paul**. Eu sabia que a **Kathia** por ser funcionária do alto escalão sabia que eu havia recusado ser a defensora da **Rachel**, por isso se sentiu livre para desabafar e esperava que eu lhe desse algum conselho ou lhe contasse algum detalhe da minha conversa com a **Rachel**.

Por outro lado, qual seria o vínculo da **Rachel** com o tal do _Dubai_ da empresa O'Brien & Smith?

CAPÍTULO

7

Conhecer a **Kathia** foi um divisor de águas em minha vida. Com meu ex-namorado **Heitor** eu ia a muitos eventos, mas com a **Kathia** passei a frequentar os lugares e participar de acontecimentos mais luxuosos e particulares. Onde só a nata da sociedade frequenta. Ela se encantou por mim. Era como uma irmã que se sentia feliz em desfilar com a irmã mais nova.

Antes, sabiam que a **Maria Eduarda** era uma advogada famosa. Porém quando mudei meu visual e meu vestuário e minha maquiagem, foi como se uma fada tivesse feito a pessoa da advogada **Maria Eduarda** surgir no mundo. Eu era convidada para tudo e por todos.

Era como se quando eu namorava o **Heitor** eu fosse uma pessoa sem vida, sempre vestida de uma forma antiquada, olhada com respeito apenas por ser uma advogada competente.

Eu também, por ter modificado meu visual e vestuário, tornei-me uma pessoa mais serena, impassível, imperturbável e mais alegre, que todos queriam conhecer e faziam questão da minha presença. O fato de não ser mais a namorada do **Heitor** foi como se eu estivesse pela primeira vez no primeiro plano de todos.

Mas a descoberta das pessoas pela minha pessoa física me fez redobrar os meus estudos e práticas da espiritualidade. Era como um aviso de que quanto mais eu pudesse

DARIA TUDO QUE SEI PELA METADE DO QUE IGNORO

praticar os princípios básicos da espiritualidade, que dizem que antes de sermos seres humanos, filhos de nossos pais, somos, na verdade, espíritos, que são o princípio inteligente do universo, criados simples e ignorantes, para evoluir e realizar-se individualmente pelos seus próprios esforços; e assim procedendo mais forte eu me tornava para enfrentar as dificuldades que a prática da advocacia ia me apresentando no dia a dia e não permitindo que a fama me deixasse vaidosa. Feliz sim, arrogante e prepotente nunca.

Foi por essa ocasião que ocorreu o segundo julgamento que estava em todos os jornais. Eu era a defensora de uma mulher acusada de participar do suicídio do marido.

Foi um julgamento extremamente fatigante e desafiador, a promotoria estava bem afiada, apoiada em provas robustas. Mas eu consegui provar que aquelas provas robustas tinham algo perfeito demais para serem críveis.

Desmanchei linha por linha cada uma das provas da promotoria, mostrando que onde a promotoria dizia três horas, eu colocava o benefício da dúvida, se seriam realmente três horas ou mais, ou menos; e com a certeza de que minha cliente era inocente, consegui despertar nos jurados a dúvida, e no final a ré foi absolvida. Eu me empenhei muito, pois tinha a certeza de que a ré era inocente.

Foi mais um motivo para que nosso escritório estivesse no topo. Com a ajuda do **Lorenzo** consegui ficar fora dos holofotes. Ele chamou para si todas as entrevistas.

Um mês depois voltei ao Tribunal para defender outro réu que merecia ser condenado. Ele realmente havia sonegado impostos e cometido outras penalidades graves baseadas por seu imenso saber em contabilidade, fraudando assim algumas pessoas e o Estado, tendo inclusive me contado como sonegar sem deixar rastros e vestígios comprometedores. Eu fui clara com ele, eu iria pleitear uma penalidade menor, mas não poderia pedir a sua absolvição, pois não havia a mínima dúvida da culpabilidade dele.

A minha ética pessoal e profissional não me permitia ser a sua defensora sem lhe explicar os motivos pelos quais não poderia pedir a sua absolvição. Mas ele insistiu em querer que eu fosse a defensora dele.

Porém, condená-lo simplesmente para cumprir 30 anos não iria reeducá-lo, então de uma forma que eu nunca havia feito antes confirmei que sim, meu cliente merecia a cadeia, mas não a cadeia para ficar 24 horas à toa, sentado planejando como poderia burlar as leis para levar vantagem. Estava na hora do réu contribuir com o seu conhecimento da moderna tecnologia e transmitir sabedoria. Acredito que ensiná-lo a compartilhar seu lado bom poderia ser de alguma forma redentor para mim e para ele.

Pedi ao júri que o condenasse, mas que enquanto estivesse preso trabalhasse em prol daqueles a quem havia prejudicado, dirigindo-me ao juiz clamando que ele pudesse fazer desse caso um início novo para que os réus utilizassem seu saber em prol da coletividade.

Os jurados entenderam o meu ponto de vista e o condenaram a 20 anos, e o juiz para surpresa de todos acrescentou alguns dos itens que eu havia sugerido.

Saí do julgamento com a certeza de ter feito o melhor para o meu cliente. Ele era culpado, não merecia absolvição e sim reaprender a viver sem prejudicar aos outros.

Nessa linha de defesa eu estava antenada com a doutrina espírita. Não deixei de defender o réu, mas pleiteei para que enquanto estivesse preso, pudesse trabalhar compartilhando conhecimento e dessa forma sentisse que todo mal cometido tem punição.

Para conseguir atingir o grau de aceitar defender um cliente culpado, que iria consequentemente ser condenado, tive que derrubar as limitações do meu ego, me livrar do egoísmo, esquecer de mim mesma, e começar assim a diminuir meus débitos de outras encarnações, tinha que ser una com o Universo.

Não queria mais ficar acorrentada por minhas atitudes de superego, pois agindo dessa forma seria escrava dele e jamais conseguiria diminuir minha dívida com o Universo.

Kathia era uma pessoa interessante, após conhecê-la melhor, percebi que ela sabia viver. Tinha algo importante dentro dela, sabia se divertir, tinha muito bom humor e sabia dar amor total e incondicional às pessoas.

Aprendi com ela que tendo amor dentro de mim, vou amar minhas dúvidas, meus pensamentos confusos e serei mais tolerante com os problemas alheios e terei mais força e sabedoria para planejar minhas defesas nos processos criminais. Agindo assim, seria mais fácil trazer o amor que está escondido bem lá no fundo da minha alma, pois sem ele fica difícil entrar em sintonia comigo mesma. Ter alegria e saber se divertir é também um dos fatos primordiais na vida.

Para minha surpresa no último dia do julgamento **Kathia** esteve presente, e no final após a leitura da sentença, veio me parabenizar. Ela me disse algo que me calou fundo e me fez entender que eu não a havia conhecido por acaso. Falou que ao não permitir que meu ego fosse vencedor, me livrando do egoísmo que para satisfazê-lo teria pleiteado a absolvição do réu, eu agi com sabedoria não me deixando levar pela tentação de usar todo o meu conhecimento para conseguir uma absolvição. Eu sabia como utilizar métodos para a absolvição, mas não os pratiquei. Ela se sentira muito feliz em ver um ser humano resistir à tentação e usar a sua liberdade e toda sua imensa sabedoria para pôr em prática o bem, saindo assim daquela arena mais fortalecida e mais una com o Universo.

Eu perguntei:

– Você é espiritualista?

Ela sorriu e disse:

– SIM.

Depois desse julgamento pedi 15 dias de férias. Queria ir para um local onde não precisasse me lembrar de qualquer coisa que fosse ligado ao Direito, eu precisava de um tempo sem fazer nada, ou melhor, fazer tudo que me desse vontade e fosse para alegrar o meu eu.

Viajei para uma fazenda no interior do Rio, uma antiga fazenda de café. Lá aproveitei para respirar o ar puro da mata, comer sem me preocupar com manter a forma, tomar banho de cachoeira, acordar sem hora marcada, nadar em um córrego que havia atrás da fazenda. Cavalgar pela fazenda, sentindo o vento no rosto me acariciando.

Os dias que passei na fazenda foram excelentes porque pude assim praticar a meditação de uma forma única, corpo e mente sintonizados na mesma energia.

Pude pensar no quanto eu estava errada em evitar viver por medo de me tornar uma prostituta igual a minha mãe. Eu estava blindada contra essa possibilidade, uma vez que era uma pessoa que havia procurado a essência da vida, estava me cercando de boas vibrações, e de objetivos claros e corretos.

A cada dia meditado, mais forte eu me sentia com as novas descobertas. Quando nascemos, trazemos conosco nossa essência, enquanto a personalidade vamos adquirindo no decorrer de nossos dias na Terra.

O estudo de si mesmo é bastante complexo, necessitando de divisões como se o homem fosse uma máquina composta de inúmeras peças, cada qual com uma função distinta. Dois componentes dessa máquina humana se destacam: a essência e a personalidade.

Assim, podemos dizer que a essência somos nós mesmos, enquanto a personalidade é uma vestimenta que cobre essa essência.

A personalidade, contudo, não nasce conosco. Vamos construindo-a de acordo com o ambiente em que vivemos, a escola que frequentamos, as ideias, opiniões e palavras que escutamos. Podemos dizer, portanto, que a personalidade é adquirida por meio das impressões que vivenciamos, da educação que recebemos, das experiências que acumulamos em nossa passagem pela Terra.

Sabemos da necessidade que o ser humano tem de conhecer a si mesmo para poder atingir uma consciência superior, obtendo assim a tão almejada paz e consequentemente a felicidade.

Assim, embora a essência já tenha nascido conosco, ela precisa crescer, se desenvolver, se aprimorar ainda mais, desde que a personalidade seja educada e deixe de pressioná-la. A personalidade pressiona a essência porque é muito forte.

Descobri que a aparência não é a essência do ser humano, esta é um simples adorno da pessoa.

O que nos mostra a exata essência do ser humano? É ser dotada de razão, de utilidade, de objetividade, de crescimento, de vontades e emoções. Não é ter dinheiro, mas sim ter educação.

Não é meditar, mas sim mergulhar no mais profundo do seu ser para conhecer a sua força interior e renovar-se na melhor das energias tendo equilibrado seu corpo, sua mente e seu espírito.

É ser sempre o melhor para você mesma, e para os que te cercam. É ter a certeza de que o estudo é a essência da sabedoria e do conhecimento e que estes consistem em aplicá-los, uma vez que os possui. Nunca os guardar para si mesma.

É ficar sempre alerta, pois às vezes precisamos olhar para dentro de nós, encontrar nosso centro, ou seja, nossa essência, que se perde diante das superficialidades, futilidades e medos do cotidiano. No meu caso, o medo de me tornar uma prostituta, igual a minha mãe.

Neste mundo conflituoso, cheio de armadilhas, colocando o ser cada vez mais longe da nossa essência, só a espiritualidade e a descoberta do nosso eu profundo nos dão o que vem a ser a forma mais certeira para sairmos da aparência e mergulharmos na nossa essência. Lembrando sempre que perceber o que as pessoas sentem sem que elas o digam constitui a essência da empatia.

Conceituando que o carisma é a expressão da alma. E na minha profissão carisma é primordial para vencer os obstáculos. Porque a alma fala, e aí sua essência espiritual e divina se manifesta, e a pessoa brilha, conquista, aparece. É nela que reside a força e o poder para vencermos. Posso até mudar meus sonhos por necessidades da vida, ou os meus pontos de vista, mas jamais mudar a minha essência. Ela é o meu alicerce.

Não há nada mais bonito do que ser reconhecido pela sua essência e energia! A minha essência é minha e ninguém consegue roubá-la ou negociá-la! São meus princípios e minha essência que moldam quem eu sou! Minha essência feminina é a minha força e minha motivação para vencer os desafios da vida!

Quanto mais leve e feliz eu ficava, mais conteúdo eu ia adquirindo, me fortalecendo física e mentalmente.

Passeios maravilhosos aquela fazenda me proporcionava. Num desses passeios a cavalo conheci um grupo bastante alegre e barulhento. Não estavam hospedados na mesma fazenda que eu. Eram vizinhos, pararam e disseram "oi" e me sugeriram alguns percursos que eu poderia tomar e desfrutar mais a beleza do lugar.

Agradeci e fui cavalgando, quando virei para dar "tchau" vi um sorriso e um olhar de um homem que realmente me tirou o fôlego. Seus olhos negros brilhantes me marcaram e me encheram de alegria. Ele não sorria só com os lábios, seus olhos também sorriam para mim. Eu nunca havia experimentado aquela sensação de harmonia mesclada com alegria e envolta em uma paz revigorante. Uau, quase caí do cavalo!

O sorriso e o olhar brilhante daquele homem ficaram gravados em mim, terminei meu passeio a cavalo, feliz, rindo como uma criança que sabe que felicidade existe e que o mundo é lindo.

À noite meditar sob um céu estrelado ouvindo apenas o silêncio da noite, olhando para as estrelas sabendo que há esperança, que não importa o que aconteça, elas continuarão a iluminar o infinito e me trazendo a lembrança daquele olhar e daquele sorriso.

Fiquei apreciando o brilho das estrelas, revigorando a alma, sorrindo para a lua, e percebi que tudo é harmonia entre o céu e as estrelas. Olhando para o céu, podemos ver a transformação de suas cores que se tornam um quadro pintado pela natureza e essa beleza alimenta a alma. Sim, eu me sentia leve com a alma harmonizada com o Universo. Era um estado de felicidade que nunca sentira na vida.

Durante a minha estadia na fazenda, meu celular permaneceu desligado. A única pessoa que sabia onde eu estava hospedada era o **Lorenzo,** e recebi pelo telefone fixo da fazenda um telefonema dele avisando:

– Volte, as férias acabaram.

CAPÍTULO

8

Arrumei a mala e voltei. Não tive oportunidade de tentar saber quem era aquele homem que sorria com os olhos e com os lábios. Quem sabe algum dia eu o veria novamente?!

Voltei das férias, era uma segunda-feira, dei bom dia para a secretária e entrei devagarinho sem fazer barulho na sala onde Lorenzo e a equipe faziam a reunião semanal.

Prestei bastante atenção, e sem exceção todos estavam com várias pastas de processos no colo. Pensei "nossa!".

E de repente ouvi a voz do **Lorenzo**, naquele tom que significava que o lado satírico e mal-humorado dele estava de frente:

– **Dr.ª Maria Eduarda**, as férias acabaram, por favor ligue seu celular.

Eu comecei a rir e acabaram todos rindo também. Eu simplesmente me esquecera de ligar o celular. Voltara da fazenda, chegara em casa, dormira e não ligara o celular. E ele continuou ainda no mesmo tom:

– Quem volta de férias tem direito a mais processos para estudar.

E me entregou o dobro de processos que os outros advogados receberam. Só me restou pegá-los.

Os outros advogados riam e diziam:

– Cuidado, hoje ele está impossível.

Fui para minha sala, liguei o celular, e comecei a ver centenas de ligações e recados, principalmente do **Heitor.**

Não li os recados e comecei a trabalhar. Se ficaram lá durante 20 dias em que estive de férias, podiam ficar mais um dia, quando tivesse tempo os leria.

Lorenzo bate na porta da minha sala e entra. Claro que não perguntou se as férias foram boas, me olhou e disse:

– Quando eu lhe disse para desligar o celular durante as férias, juro que não acreditei que você fosse fazer o que prometeu. Esperar que eu lhe desse ok para religá-lo me deixou surpreso. – E caiu na gargalhada.

– Eu esqueci completamente de tudo que estivesse fora daquela fazenda. A paz e a beleza daquele local foram uma catarse para mim.

– Por acaso você leu alguma mensagem no seu celular, ou abriu alguma correspondência em casa, depois que chegou?

– Não, eram muitos recados no celular e em casa muitos envelopes. Coloquei-os na minha mesa na sala e vou ler quando chegar hoje à noite.

Ele me olhou como que não acreditando, mas riu e disse:

– Eu acredito em você. Então, vou sintetizar para você os detalhes mais importantes dos envelopes e dos recados. **Heitor** recebeu os pen drives e está desesperado para falar com você. Pensou que você estivesse se esquivando de falar com ele, mas entendeu quando eu disse que após os dois julgamentos você precisou de um tempo para renovar sua saúde física e mental. Me contou apenas que recebeu anonimamente informações relativas à morte do homem que você encontrou no banheiro feminino e queria conversar com você sobre isso.

Fiquei em silêncio. Ele então continuou.

– Uma senhora de nome **Cintia**, dizendo ser sua cunhada, ligou para o escritório porque não conseguia falar com você pelo celular e nem na sua casa. Veio até aqui e se apresentou a mim. Expliquei o mesmo que havia dito ao **Heitor**. Ela não quis dizer o motivo da urgência em falar com você.

Continuei olhando para ele, mas em silêncio. Ele continuou, e disse que diante da expressão da **Cintia**, decidiu ligar para o meu pai, para tentar descobrir o que estava acontecendo.

– Expliquei que como a **Cintia** se dizia sua cunhada, e alegava urgência em lhe falar, estando você afastada devido ao conselho médico para se refazer mentalmente e fisicamente, eu queria saber se podia ajudar de alguma forma. A resposta dele foi: "Avise a minha filha para não hospedar a **Cintia** no apartamento, porque ela é uma cobra dominada pelo marido. Minha filha vai entender o recado". Me pediu que tomasse conta de você e ia acrescentar mais alguma coisa, mas parou. Pediu que quando você voltasse, eu o avisasse que ele viria conversar com você. Mas que você não ligasse para ele nunca.

Lorenzo sabia da minha briga com meu irmão no passado, e com o desabafo do meu pai soube sobre a vida criminosa que ele levava.

Ficamos em silêncio. Pedi a ele um tempo para digerir o que tinha ouvido e o que poderíamos fazer.

Abaixei a cabeça e comecei a ler um dos processos que ele havia me dado e ele entendeu que não havia mais nada no momento para falar. Saiu da minha sala e continuei a estudar o processo.

Na realidade ao iniciar a montagem de um processo, esqueço o mundo exterior. De vez em quando, eu olhava e via a moça da copa perguntando se eu queria mais café, eu fazia sinal que sim e mergulhava de novo nos processos.

Só percebi que já era noite quando a secretária me perguntou se podia ir embora, se eu ainda iria precisar dela. Levei um susto, eram 20h15.

Me ofereci para lhe dar carona e fomos conversando sobre a beleza do lugar onde passei as minhas férias. Deixei-a em casa, pois por minha causa ela ficara até tarde no escritório. Eu esquecera de lhe avisar que não precisava ficar até tarde.

Resolvi, antes de ir para casa, dar uma volta pela praia. Estacionei o carro e sentei em um banco da praia, onde eu sabia que havia uma barraca que vendia sorvete. Meus pensamentos voltaram para o último dia na fazenda, quando vi e senti o olhar maravilhoso do homem que sorria com os olhos e com os lábios. Onde será que ele estaria?

Voltei para casa, entreguei o carro para o manobrista e vi o **Heitor** sentado na portaria. Sorri para ele, mas não o convidei para subir. Ele então perguntou onde poderíamos conversar. Sugeri irmos a um bar perto de casa onde tem um whisky dos bons.

Ao sairmos da portaria ouvi uma voz feminina chamando o meu nome, olhei e vi uma moça bonita que não conhecia. Esperamos a moça chegar perto de nós e se apresentar, era **Cintia** e dizia ser minha cunhada. Olhou para o **Heitor** e afirmou:

– Você deve ser o namorado dela.

Eu e ele balançamos a cabeça afirmativamente e ela perguntou se podia falar comigo em particular, eu simplesmente respondi que naquele momento **Heitor** era minha prioridade.

Ela ficou sem graça, e perguntou quando podíamos conversar. Eu pedi o telefone dela para que quando tivesse disponibilidade ligasse para ela. Fui andando com um **Heitor** apatetado diante da minha recusa em falar com a moça que dizia ser minha cunhada.

Olhei para ele e com um sorriso disse:

– Você chegou primeiro, então vou falar com você em primeiro lugar.

Nesse momento sinto alguém pegar meu braço e dizer:

– Vou ficar na porta da sua casa lhe esperando.

Eu simplesmente disse "ok", e continuei caminhando.

Heitor e eu fomos para um bar perto da minha casa. O olhar dele era interrogativo. Sentados e já tendo feito o nosso pedido, expliquei a ele que o fato de dar preferência para falar com ele primeiro era porque **Lorenzo** havia me dito que ele tinha urgência em falar comigo. Que ele não pensasse que era por motivo de saudade ou de reatar o namoro.

Expliquei que não dei preferência à minha cunhada porque com certeza ela tinha brigado com o marido e queria desabafar.

Tomamos alguns goles dos nossos drinks em silêncio e ele então me disse haver recebido anonimamente algumas informações sobre o falecido **Paul**.

Perguntei que tipo de ajuda ele queria de mim. Ele começou me contando o que a **Rachel** já havia me contado sobre a amizade dele com o **Paul**. E que ele inclusive já estava investigando por conta própria. Tinha algumas suspeitas do motivo do crime, e recebeu anonimamente informações relativas ao assunto que o **Paul** estava desconfiado e que talvez fosse o motivo do seu assassinato.

Precisava de mim para ajudá-lo a descobrir quem era o assassino ou assassinos.

Eu não disse nada, fiquei ouvindo-o falar, falar e falar. Quase tudo que estava nos pen drives ele me contou.

Continuei em silêncio. Ele então disse:

– Por onde você acha que devemos começar a investigação?

Dei um suspiro longo e respondi:

– **Heitor**, estivemos juntos por cinco anos e pela sua proposta você não tem noção nenhuma de quem eu sou ou de como eu trabalho. Por que você acha que eu iria me associar a você para investigar a morte de um amigo seu? Eu sou advogada criminalista, não investigadora policial. Eu lhe aconselho a contratar um detetive particular. Se por acaso, algum dia, você cometer um assassinato, aí sim podemos conversar, para ver como posso lhe ajudar.

Ele me olhou de uma forma como se nunca tivesse me visto e de forma grosseira disse:

– Com certeza você deve estar namorando outro e se recusa a me ajudar porque pensa que como eu não vivo sem você estou mentindo, dizendo que recebi informações anônimas para que fiquemos juntos novamente.

– Taí, uma coisa que eu não tinha pensado, você realmente recebeu informações anônimas?

E como eu faço com os clientes quando quero que eles falem o que quero saber, passei a fazer perguntas, emendando uma pergunta na outra, dando a ele pouco tempo para pensar e me responder rápido. Dei um nó na cabeça dele. E aos poucos fui captando que ele realmente queria usar o fato de ter recebido as informações e ter esse motivo para quem sabe voltarmos a ficar juntos. Ele queria realmente descobrir quem havia matado o amigo, mas queria também voltar a ficar comigo.

Depois que tive a certeza de que ele tentava unir o útil ao agradável, aí sim continuei a perguntar, a perguntar e a usar as respostas dele para fazer novas perguntas. O garçom do bar veio nos avisar que iriam fechar. Olhei para o relógio, eram quatro horas da manhã.

Ele pagou a conta e voltamos andando para o meu prédio, e ele disse:

– Entendi que você não acredita que recebi informações anônimas e também não me quer mais.

Fiquei em silêncio, chegamos ao portão do meu prédio, nos despedimos, ele me olhou e não disse nada. Me virei para entrar no prédio e dei de cara com a **Cintia**. Ela havia ficado ali me esperando. Pensei, ah não... mas vamos lá ver o que vem pela frente.

Olhei para ela e perguntei:

– Como posso lhe ajudar?

– Vamos para o seu apartamento – disse ela. – Lá eu lhe conto tudo.

Algo dentro de mim disse "não, essa mulher na minha casa, jamais".

– Na minha casa não. Você deve estar hospedada em algum hotel, vamos para lá.

Ela olhou de forma surpresa e como eu não disse mais nada concordou e disse:

– Vamos no seu carro.

– Vou chamar um Uber, estou cansada demais para dirigir.

Aquele olhar de surpresa novamente, pedi o Uber e fomos para o hotel onde ela estava hospedada.

Não sei dizer por que, mas perguntei ao funcionário da portaria se havia alguma possibilidade de conseguir um café. Ele nos indicou uma sala onde havia uma máquina de café.

Cintia não entendeu nada, e me perguntou por que não subir e tomar café no quarto, onde havia um frigobar.

Eu simplesmente disse:

– Não.

Fomos para a sala onde o funcionário nos indicou que havia a máquina de café. Aproveitei e perguntei se a copa poderia nos servir um sanduíche. Ele, solícito, providenciou o que eu pedi.

Sentamos numa mesa e fiquei olhando para ela. Tomamos o café e eu continuei em silêncio. Ela me perguntou:

– Você não vai me perguntar nada?

Eu, da forma singela que sei como derrubar uma pessoa, disse:

– Eu não lhe conheço, não tenho nada para lhe perguntar. Aliás quem me procurou foi você.

Ela, sem graça, deu um sorriso sonso, que conheço bem quando as pessoas querem explodir e não podem.

– Você não tem curiosidade em saber por que preciso falar com você?

– Não. – Foi a minha resposta.

Ela então começou dizendo que meu irmão a havia prevenido de que eu não era fácil de lidar. Mas que ela precisava de mim, pois queria se separar dele e eu como advogada poderia ajudá-la.

– Por que eu, uma advogada criminalista, que não lhe conheço, iria ajudá-la a se separar do seu marido?

– Porque você como criminalista vai gostar de saber que seu irmão é um bandido safado e quero tirar muito dinheiro dele.

– Espera um pouco. Não fale mais nada. Não sou sua advogada, não pretendo ser e não quero saber nada da sua vida com meu irmão.

– Mas você é uma advogada criminalista de sucesso e se souber o que ele faz vai colocá-lo na cadeia e ganhar muito dinheiro.

– Em primeiro lugar, você tem dinheiro para pagar os honorários de um advogado do mesmo quilate que o meu?

Ela olhou espantada:

– Mas você iria cobrar de mim, sua cunhada?

– Claro que sim, se eu por acaso fosse ser sua advogada. Não trabalho de graça para ninguém.

– Mas é você que eu quero. Eu sei que você o odeia e poderá se vingar dele com as informações que vou te passar.

Olhei para ela, peguei meu celular, liguei para o meu pai, e disse:

– Pai, sou eu, **Maria Eduarda**, como se chama a sua esposa?

– Nastácia – respondeu ele.

– Por favor, passe o telefone para ela.

– Por quê? – Perguntou ele assustado.

Eu falei firme:

– Passe o telefone para ela – num tom de voz que ninguém ousa contrariar.

Ele assim o fez. Ela atendeu, e eu lhe disse que a filha dela estava comigo, e como estava com raiva do marido, viera a mim pedindo para fazer o divórcio dela e que tinha informações criminosas contra o marido.

– Eu não a deixei falar nada contra o meu irmão, e solicito-lhe a gentileza de vir buscá-la, porque ela poderia cair na mão de algum advogado desonesto, e não quero isto para minha família.

Ela disse um PQP bem forte. Eu continuei dizendo que ficaria com a filha dela no hotel até ela chegar. E acrescentei que ela havia dito que não tinha dinheiro para pagar o hotel, pois estava no Rio há vários dias e eu estivera ausente, e o dinheiro dela tinha acabado. Pedi que por favor ela trouxesse dinheiro para o pagamento do hotel.

Ela pediu para falar com a filha, mas **Cintia** recusou. E devolveu o telefone para mim. Eu prometi que estaríamos no restaurante do hotel aguardando por ela.

Eu liguei para o **Lorenzo** explicando que estava aguardando a mãe da **Cintia** vir buscá-la. Então, não sabia a que horas ficaria livre. Ele me perguntou se eu gostaria que ele fosse ficar conosco. Eu respondi que não, porque não queria mais gente envolvida naquele problema.

Cintia começou a chorar, dizendo que eu era uma pessoa fria que não tinha compaixão pelos problemas alheios. Que meu irmão sempre disse que eu era difícil de lidar.

Como eu estava faminta, e o breakfast do hotel já estava sendo servido, sugeri a **Cintia** que comer nos faria bem.

– Eu lhe digo que tenho informações úteis para você e a sua sugestão é para comermos?

Ignorei.

Ela não entendeu bem o que estava acontecendo, até que passado um bom tempo a mãe dela apareceu.

Dei bom dia, e expliquei a ela que não permiti que a filha dela me falasse nada, mas absolutamente nada, sobre o relacionamento dela com meu irmão e os negócios dele. Não tinha interesse e nem iria apresentar nenhum advogado para a filha dela tratar do divórcio.

Mostrei a conversa gravada no meu celular, havia toda a conversa que tivemos, para que não restasse nenhuma dúvida de que eu não sabia realmente de nada.

Senti que ela gostou de ouvir a conversa gravada. Olhou para mim e disse:

– Realmente você é uma advogada das boas.

Naquele momento eu havia ganhado uma aliada de peso. Tive a sensação de que ali estava uma pessoa que sabia respeitar o que era integridade, astúcia e caráter, apesar da vida criminosa que ela levava.

Dei um bom dia para as duas e fui embora. Peguei um taxi e fui para casa. Liguei para o **Lorenzo**, fiz um breve relato do acontecido, e enviei a conversa gravada com a **Cintia** para ele. Iria dormir e só iria para o escritório à tarde.

Meu pai telefonava sem parar. Finalmente resolvi atender e me livrar dele. Contei o que aconteceu, enviei a gravação da minha conversa com a **Cintia** e ele começou a rir.

Eu estava com tanto sono que não perguntei por que ele estava rindo. Ele perguntou se eu não estava curiosa para saber o motivo dele rir.

– Se lhe faz feliz me contar pode falar, mas fala logo porque preciso dormir.

– O **Duda**, seu irmão, e a **Nastácia** tiveram uma briga porque ele quer mais poder no grupo. A ida da **Cintia** foi uma jogada do seu irmão. Ainda bem que você ligou para a mãe e não para ele.

– Não me interessa. Bom dia, pai. – E fui dormir.

Só cheguei no escritório às 16 horas. Havia um recado do **Lorenzo** para que assim que eu chegasse fosse direto para a sala dele.

Assim o fiz. Ele me olhou e riu. Disse:

– Menina, que jogada de mestre.

Eu olhei para ele e disse:

– Você pediu para eu vir aqui só para me dizer isto?

Ele continuou rindo. Eu saí e fui para a minha sala trabalhar.

Perdi a noção das horas. Separei dois processos em que com certeza eu iria atuar. Fui para casa e me esqueci totalmente da minha família. Eles que brigassem entre si, mas que não me envolvessem.

CAPÍTULO

9

A vida profissional caminhava a todo vapor. Na pessoal, eu não me interessava pelos que apareciam, nenhum deles me impressionou, recebia convites, alguns eu ia, ficava pouco tempo e voltava para casa. Outros, nem tomava conhecimento.

A eleição para presidente da OAB chegou e eu tinha que ir votar, o voto ali é obrigatório, pois não o fazendo a multa é alta.

O que é a OAB? Ordem dos Advogados do Brasil é o significado da sigla OAB, órgão responsável por definir as regras para o exercício da profissional da advocacia no Brasil.

Na hora do almoço fui até o local da votação, encontrei alguns colegas, votamos e fomos almoçar num barzinho ali perto. Papo vai, papo vem, vi um homem de costas e senti um arrepio. Discretamente, do jeitinho que tenho para conseguir saber das coisas, soube que o nome dele era **Jim O'Brien**.

Imediatamente veio à minha mente o bilhete do falecido **Paul Duboc** em que constava o nome da empresa de **Jim O'Brien**. Ao olhar novamente, o homem já não estava mais onde eu o pudesse ver. Continuei com os amigos, rimos, trocamos ideias e o papo rendeu até tarde.

Ao chegar em casa, imediatamente liguei o laptop e pesquisei sobre a pessoa **Jim O'Brien**. Anotei tudo sobre ele, horários, lugares que frequentava e tudo relacionado a ele.

Montei minha agenda baseada nos locais que ele frequentava. Ficava de longe observando-o. **Lia** tudo que se relacionava a ele. Até ir a encontros com pessoas que não me interessavam eu aceitava ir, se estava certa que o **Jim O'Brien** poderia estar lá.

Eu sabia que se quisesse poderia ser apresentada a ele. Mas eu evitava isso, tinha algo naquele homem que mexia comigo. Criei um mundo fantasioso em volta dele, e temia que ao ser apresentada a ele a realidade acabasse com meu mundo fantasioso, por isso sempre evitava ser vista por ele.

Mas eu ficava de longe observando-o. Passei a conhecê-lo pelo modo como se movimentava, se estava feliz, seus braços e seu rosto tinham certas características, se estivesse se esforçando para ter paciência com as pessoas ao seu redor, seus movimentos demonstravam claramente seu aborrecimento. Enfim, ele passou a ser um livro aberto para mim, sabia quando ele fechava as mãos, quando estava detestando o que falavam e o modo de virar a cabeça quando dava um sorriso forçado.

Eu procurava sempre saber se ele estaria no mesmo local que eu, para observá-lo e para ver o modo como seu olhar percorria o local, e o modo que desviava o olhar quando algo não lhe era agradável. Eu tentava observá-lo de lugares de onde não pudesse ser vista por ele.

No escritório as coisas estavam agitadas, tínhamos um grande processo que tirava o sono de todos os envolvidos. Normal em um escritório do porte do nosso.

Uma tarde, **Ruth,** a irmã do **Lorenzo,** esteve no escritório bastante abalada pelas confusões que o filho dela estava causando na cidade do interior do Rio de Janeiro, onde ela era vice-prefeita.

Ela era benquista na cidade e por isso as autoridades locais fechavam os olhos para o tráfico e o consumo de drogas que o filho dela e outros adolescentes praticavam.

Porém o respeito e a obediência dele para com os pais haviam desaparecido e ela estava impotente, pois temia que fatos graves com consequências funestas pudessem acarretar problemas irreparáveis para todos da família.

O rapaz não respeitava ninguém e era líder do grupo de jovens da cidade. O médico local, ao atendê-lo umas duas ou mais vezes, já havia feito um diagnóstico sombrio sobre o futuro do rapaz.

Lorenzo me chamou à sala dele, me apresentou a irmã e fez um breve relato das loucuras que o rapaz praticava sob efeito de drogas. Eles precisavam internar o rapaz, porém no passado já tinham feito sem que ele concordasse e as consequências foram devastadoras. Quando ele saiu estava pior.

Lorenzo me pediu que assumisse o caso e encontrasse uma forma de convencer o rapaz a ser internado e iniciar um tratamento.

Pensei rápido, e quis saber se na cidade dela haveria alguma filial do AA (Alcoólicos Anônimos). A resposta foi sim, mas que eles tinham medo do rapaz, porque cada vez que entrava ali, cadeiras e mesas eram destruídas, pois o rapaz estava sempre sob efeito de drogas.

Pedi a eles que me dessem 48 horas para pensar e tentar encontrar uma solução ou uma possível associação que pudesse me dar uma ideia de por onde começar.

Encontrei a NAR-ANON. É um grupo de apoio voltado para parentes e amigos de dependentes químicos, cuja filosofia é a de que a família precisa tanto de ajuda quanto o usuário. Ao reunir pessoas que estão passando pelo mesmo problema, o grupo incentiva a troca de experiências. Fortalecendo assim o estado emocional do parente para ajudar o dependente químico.

Por dois dias frequentei várias reuniões em diferentes horários, para ter uma noção de abordagem, ou, melhor dizendo, o que fazer. Tive que ser rápida, pois o rapaz estava totalmente sem controle.

Descobri que ajudar um dependente químico era mexer em uma colmeia de abelhas sem os aparatos de proteção. Tinha que descobrir que abordagem eu deveria ter para pelo menos entrar em sintonia com ele.

Meu lado espiritual falou mais forte e prometi a mim mesma que iria descobrir um caminho de comunicação com o rapaz, uma vez que ele não ouvia a ninguém.

Expliquei meu plano ao **Lorenzo** e à irmã dele. Era a única possibilidade que encontrei e minha intuição dizia que era por ali que eu deveria iniciar essa caminhada.

Arrumei a mala e me hospedei em um hotel na cidade da irmã do **Lorenzo**.

Como não tenho experiência com drogas e suas consequências, e não sabia em que pé o estado psicológico do rapaz estava, a primeira pessoa com quem conversei foi com o médico da família. Passei várias horas conversando e me aconselhando com ele.

Ele me explicou que para um adicto (viciado) é muito difícil entender que a dependência química é uma doença, como qualquer outra, e que precisa ser tratada.

Frisou que lidar com a abstinência, evitar recaídas, diminuir os efeitos colaterais da desintoxicação e submeter o dependente químico a um tratamento contra a sua vontade são alguns dos receios mais comuns, e normalmente não trazem resultado positivo.

Pedi a ele que me fornecesse um laudo que caracterizasse a dependência química do **Gael,** filho da **Ruth**.

Ele foi direto:

– Aumento da tolerância à droga. Abstinência. Incapacidade de controlar o vício. É um quadro de caráter progressivo, no qual os sinais vão ficando mais fortes com o passar do tempo, conforme o consumo se intensifica.

Inclusive ele já estava abandonando gradualmente os hábitos corriqueiros, ou seja, uma rotina saudável. Já havia rompido com o ciclo social do bem e só se fazia acompanhar daqueles que também eram viciados e não estava frequentando mais a faculdade. Acrescentou que aquele rapaz bonito e bem-vestido estava se tornando quase que um mendigo e o desequilíbrio emocional era enorme.

Ele incluiu no laudo que a classificação dessas substâncias é feita conforme o nível de alteração causada no Sistema Nervoso Central (SNC). Seguindo essa categorização, existem três tipos de efeitos psicológicos que as drogas podem desencadear em um indivíduo: depressor, estimulante e perturbador.

Ou seja, a mente do dependente químico pode funcionar de forma mais lenta, de maneira mais rápida e de modo anômalo, respectivamente.

Frisou no laudo que a mente de um dependente químico é um dos pontos mais afetados pelo uso abusivo de drogas.

Citou também que episódios de abstinência provocam reações imprevisíveis, que podem colocar em risco a segurança do indivíduo e de quem estiver ao seu redor, caso não sejam acompanhadas de perto por suporte especializado.

Achei que o laudo já estava completo, mas ele enfatizou ainda que por isso é essencial que o local onde o adicto for ser tratado tenha uma equipe multidisciplinar experiente e capacitada sabendo como lidar com quadros como esse, e seja utilizada a abordagem técnica mais adequada.

Entregou-me o laudo, pois o **Gael** já estivera sob seus cuidados médicos em um passado recente.

Pedi a ele que me orientasse como abordar o rapaz. Ele me olhou sério e disse:

– Para início de conversa, com **Gael** você precisa ter empatia, pois ele é muito inteligente e pensa que pode dominar todo mundo. Precisa saber se comunicar e demonstrar que conhece bem o assunto. O processo se torna um pouco mais fácil quando há empatia. Ser compreendido é um aspecto fundamental para que o dependente químico consiga confiar em alguém. Para isso, você precisa se colocar no lugar da pessoa, ser compassiva, compreensiva e tratá-la como gostaria de ser tratada. Julgar está fora dos seus limites, por mais difícil que seja, evite. Ser respeitoso e atencioso, por outro lado, pode fazer de você um porto seguro no processo de desintoxicação e recuperação. Lembre-se de que estamos falando de uma doença.

Engoli em seco e pensei em que encrenca eu me meti. Falar para um júri é mais fácil do que para um viciado. É complicado porque a pessoa está doente, e está naquela situação não porque quer, ou talvez goste, mas não tem força de vontade suficiente para deixar a dependência para trás ou admitir que é viciado. É complexo, porque ele vai ter que confiar em mim e tenho que ser seu apoio fundamental. Pedi ajuda e intuição ao Universo, que é o meu Deus.

Pensei, vou ter que usar o meu tom de voz que uso quando estou batalhando contra um júri nada amigável. O diálogo terá que ser aberto e livre de preconceitos, é uma atitude que sei que vai chocar, mas tem de ser meu ponto forte.

Terei que fazê-lo entender que ele não está sozinho numa ilha deserta, que há pessoas que se importam com ele, com sua saúde e com seu futuro.

Tenho que estar preparada, pois a princípio ele não dará valor ao que eu focar, mas vou ter que lembrá-lo de que as pessoas que se importam com ele são passiveis de morrer e ele ficará sozinho. Sei que vou ter que insistir bastante nesse item da solidão, e aí sim posso passar para outro item. É insistir, insistir e insistir.

A ideia é que vou deixar claro que desejo fazer parte desse momento importante da vida dele, porque o tio dele, **Lorenzo**, quando eu precisei no passado me ajudou a sair de enrascadas e estou ciente dos desafios e posso ajudá-lo, porque o mundo é cruel quando estamos sozinhos.

Ninguém irá nos ajudar se não tivermos condições financeiras para pagar bons tratamentos, ou, melhor dizendo, lugares que possam proporcionar boas qualidades de tratamento.

Sei que vai levar um tempo até ele passar a me ouvir. Não posso desistir. Eu sei que falar de morte ou cadeia pode assustar, mas creio que o medo e o choque podem ajudar a encaminhar a aceitação.

Vou ter que confrontá-lo com realidades duras, e não posso falhar ou hesitar nesses recursos. Fazê-lo sentir que sou forte em meu posicionamento, e não vou desistir até conseguir convencê-lo a se tratar. Ele precisa sentir que não está sozinho neste momento.

Telefonei para a **Ruth** e avisei que estava pronta para iniciar a conversa com o **Gael.** Marcamos um jantar para o dia seguinte na casa dela onde toda a família estaria presente.

Quando cheguei à casa dela, fui recebida por uma jovem de uns 16 anos. Ela me olhou e disse:

– Nossa como você é bonita!

Eu realmente havia me esquecido de que era bonita. Olhei para ela e comecei a rir, ela continuou:

– Quando você sorri, fica mais bonita ainda. Pensei que no escritório do tio **Lorenzo** só havia velhotas e advogados barbudos.

Foi aí que eu não consegui parar de rir. Imaginei a cena. Velhotas e barbudos caminhando pelos corredores!

A jovem segurou minha mão e saiu me puxando e gritou:

– Pai, **Gael**, **Milla**, mãe, vêm ver a mulher mais linda do mundo!

De repente na minha frente estavam o pai, o **Gael**, a **Milla** e a **Ruth** olhando curiosos.

A **Ruth** veio até nós e vi seu olhar de medo se transformar em riso. Eu cumprimentei um por um, e só sabia sorrir.

A **Ruth** foi esperta e nos mandou sentar logo à mesa de jantar. Foi uma algazarra geral. Todo mundo falando ao mesmo tempo.

A garota que me recebeu na porta era a **Anne**, foi logo me perguntando:

– Quantos anos você tem?

Eu disse:

– 31.

– Nossa, você é muito nova para ser uma advogada tão famosa.

Gael, um rapaz alto, macilento, de 22 anos, emendou a pergunta:

– O que você veio fazer aqui, nesta cidade sem nada de bom para fazer?

Eu dei o sorriso mais lindo que sei dar e olhando bem nos olhos dele disse:

– Missão secreta.

Ele respondeu:

– Adoro mistérios.

Sorrimos todos.

Foi como se o Universo estivesse a meu favor. A alegria de todos na sala facilitou a conversação, o prazer de degustar uma comida super saborosa.

Foi a minha vez de elogiar a refeição. A **Milla** começou a mencionar as qualidades da mãe na cozinha.

A **Anne** queria saber como podia fazer para ficar tão linda quanto eu.

Gael perguntava se meu namorado era ciumento.

O marido da **Ruth** perguntava como eu tão jovem podia dominar tanto um júri e fazer com que os participantes em vez de me odiar se encantassem comigo.

Eu só ria diante de tantas perguntas. Enfim, como eu não havia criado nenhuma expectativa de como seria meu encontro com o **Gael**, fiquei imensamente feliz em sentir que a alegria estava presente naquele momento e seria o meu condutor.

A pergunta de todos era sempre de como podia existir uma mulher tão bonita no mundo. Queriam saber se todo mundo me "cantava", se eu tinha marido ou namorado. Se era verdade que todo mundo me queria como advogada, etc., etc., etc.

Senti que, enquanto estávamos tomando café depois do jantar, gradativamente, as pessoas foram sumindo. Primeiro, o marido da **Ruth**, depois a **Milla**, em seguida a **Anne** e no fim a **Ruth,** esta pediu ao **Gael** para fazer as honras da casa, pois ela estava indo preparar um sorvete para mim, pois soubera que sou apaixonada por sorvetes.

Ele olhou para a mãe desconfiado. Não disse nada. Então eu pedi a ele se poderia colocar mais café na minha xícara.

Ele, solícito, o fez e sem querer derramou café na mesa, que respingou no meu vestido.

Ele começou a xingar, eu simplesmente segurei o pulso dele e disse olhando bem para ele:

– Ei, calma, quem nunca derramou café diante de uma mulher bonita?

Ele olhou para mim com raiva e perguntou:

– eu sou a sua missão secreta?

– Você não gosta de mistérios? – Rebati – Tente descobrir.

Ele ia saindo da mesa, mas eu continuava segurando-o pelo pulso de uma forma firme:

– Por que você está fugindo? Tem medo de quê? Eu não sou o lobo mal, e nem a bruxa que vai lhe dar a maçã envenenada.

A expressão dele mudou, e disse:

– Gosto de você. Você é engraçada.

A mão dele tremia, mas eu não soltei seu pulso. Era como se com o contato físico eu pudesse dar a ele segurança de alguém que não era seu inimigo.

Ele então disse que a mãe o havia prevenido de que uma advogada muito séria viria conversar com ele. Ele nunca imaginara que fosse uma mulher tão linda, que não tentou flertar com ele, que não tentou lhe provocar ou lhe fazer perguntas indiscretas e que tinha alegria para distribuir para os outros. Pois há muito tempo que ele não tinha um jantar tão harmonioso em família. Tudo era devido à presença dela.

– Se você é capaz de deixar uma refeição na minha casa harmoniosa, sem que ninguém tente brigar comigo, ou assistir meu pai e minha mãe quase se atracando, e minhas irmãs uma fazendo intriga da outra com meus pais, o que você tem para oferecer a mim deve ser bom.

Segurando o pulso dele eu estava e continuei. Eu sentia que para começar a conversar ele devia sentir que havia um amigo ao seu lado.

– Você tem alguma religião ou filosofia de vida?

– Acho que acredito em Deus. Mas faz muito tempo que não penso nele. Desde que saí do ensino médio.

– Você tem namorada? Ela gosta mais de você de cara limpa ou quando você está drogado? Fazer sexo com ela é melhor de cara limpa ou quando está drogado?

Silêncio. Silêncio e mais silêncio. Continuei a perguntar:

– Como você pensa que será seu futuro?

– Minha mãe é vice-prefeita. Meu pai é dono da maior empresa de transportes da cidade. Sei que meus avós me adoram, e consequentemente metade da herança deles será para mim. Foi isso que eles me disseram. Então não vou ter problemas de dinheiro e vou curtir muito a vida e depois me candidatar a prefeito desta merda de cidade.

Eu então perguntei:

– Qual o seu maior medo na vida?

Ele riu e disse:

– Nenhum, eu posso tudo na vida.

Eu sorri de forma diabólica e perguntei:

– Você diria isto se não estivesse sob efeito de alguma droga?

Ele abaixou a cabeça e eu continuei olhando e segurando o pulso dele. Depois de algum tempo respondeu:

– Não sei.

Mas não tentou tirar minha mão do pulso dele.

Senti que estava no caminho certo. Então lhe contei a estória de um cliente que sempre pudera e tivera tudo na vida. Mas por uma fatalidade perdera os pais, a esposa e a filha em um desastre de automóvel.

Nos primeiros meses foi um choque se saber só na vida. Começou por se sentir desamparado e pertencente a lugar algum. Experimentou drogas, bebidas e tudo que o dinheiro podia comprar. Mas deu azar de um dia ser pego com muitas drogas e dirigindo perigosamente. Ofendeu o policial e foi preso.

O policial que o prendeu era daqueles que sabia cumprir seu dever. E não aliviou em nada o flagrante. Resumindo, ele foi preso e condenado, pois havia um volume muito grande de drogas em seu poder.

Gael olhou para mim e disse:

– E daí?

– Logo na chegada ao presídio, ainda tinha um resto de droga na corrente sanguínea e se achava valentão, ele era muito arrogante e achava que dinheiro compra tudo, insultou um preso que era muito popular e chamado de "chefão" por todos.

– Por que você está me contando estas besteiras?

– Você não disse que gosta de mistérios? Espere e verá.

– Passado o efeito das drogas, de cara limpa, ele não tinha força, não era valente. Sabe o que aconteceu? Ele virou "boneca" na mão dos presos. Ou seja, ele era estuprado diariamente. Passou a oferecer dinheiro para não ser estuprado, e o dinheiro foi acabando.

Depois de algum tempo foi parar na enfermaria, e um preso enfermeiro conhecia um advogado e foi assim que ele foi ser nosso cliente. Quando o visitei na cadeia, o enfermeiro que o havia ajudado me contou que caso eu pensasse em transferi-lo para outra cadeia, a fama dele de ser "boneca" já havia sido espalhada. Pois sabiam que ele oferecia dinheiro para não ser tocado. Depois de pagar, o dinheiro era dividido com o chefão e ele não conseguia escapar. Conseguimos um laudo médico que explicava o que as drogas haviam feito com o seu sistema nervoso e com a sua vida e para ser reabilitado ele precisava cumprir pena em um local onde pudesse trabalhar no período diurno e cumprisse o isolamento durante o período noturno. Como ele tinha aptidões e ocupações anteriores pôde ir para esse presídio. E nosso escritório de advocacia acompanha a vida dele no presídio para evitar que ações de estupro aconteçam.

– Mentira sua, você está contando isto para me dar medo.

Olhei séria para ele e disse num tom de voz que sei fazer a pessoa tremer:

– Nunca mais me chame de mentirosa.

E em tom mais ameno, perguntei se ele queria ir comigo ao presídio e conversar com o meu cliente. Ou se ele queria ser preso para tentar descobrir se o que eu falava era mentira ou verdade. Era só ele dizer o que preferia, eu faria na hora.

Ele pediu desculpas e disse:

– Nossa, você brava dá medo.

Aceitei o pedido de desculpas dele e continuei:

– Você disse que há muito tempo não tem refeições alegres na sua casa, e diz que devido à minha presença isso aconteceu. Já lhe passou pela cabeça que a falta de harmonia nas refeições pode ser causada por você e seu modo de viver?

– Como assim? Eu não brigo dentro de casa e só tomo drogas quando estou nas ruas.

– E as consequências do que você faz drogado repercutem na sua casa. Seu pai o ignora para não ter que espancá-lo até a morte e ir para a cadeia, e sua mãe tenta encontrar um jeito de você largar as drogas para poder dar paz à família toda. Você diz que suas irmãs ficam tentando fazer intrigas para chamar a atenção de seus pais. Acontece que elas se sentem só, pois seus pais estão totalmente envolvidos no seu comportamento criminoso nas ruas. Você é um egoísta que só pensa em você. Não vê que todos à sua volta sofrem com o seu comportamento. Você me disse que seus avós lhe prometeram deixar metade dos bens deles para você, mas você não me contou que eles prometeram isso se você largasse as drogas. E o que você faz joga na cara de todos que você é o queridinho, sim, você é o queridinho que se aproveita daqueles que o amam. Você tem a petulância de dizer que depois de aproveitar a vida vai se tornar prefeito da cidade? Você que já repetiu três semestres em Comunicação, e acho que nem sabe mais o caminho da faculdade... é pensar que todos ao seu redor são otários.

E como se eu estivesse diante de um júri pouco amistoso continuei:

– E você ainda não me respondeu, o sexo com sua namorada é melhor de cara limpa ou quando você está drogado?

Continuei:

– Você que não tem medo de nada, me diga a verdade, você é ou não é um egoísta fracassado na cama, tanto faz estar de cara limpa ou drogado?

Sem dar tempo de ele respirar, insisti:

– Estou falando a verdade ou não?

Eu continuava segurando o pulso dele. Ele me olhou com raiva e eu enfrentei o olhar dele. Ele tentou soltar o pulso e eu não permiti. Segurei mais forte ainda. E como se estivesse diante de um júri, comecei a falar:

– Você quer que eu continue falando que não tem força de vontade de largar as drogas porque é um fracassado na vida? Que não sabe viver e vencer na vida de cara limpa? Que tem inveja das suas irmãs, porque elas conseguem boas notas e você não tem a mesma capacidade porque começou cedo nas drogas, seu raciocínio é mais lento? Você é covarde para enfrentar o desafio de largar as drogas e aí envereda para o caminho mais fácil, que é o de usar drogas mais letais e diferentes, e se sente um rei por ingerir todos os tipos de drogas. Com o seu vício você está roubando a sua família toda. Você rouba a paz e a harmonia de seus pais, você rouba o direito das suas irmãs de não serem apontadas como irmãs de um vagabundo viciado, você rouba a qualidade de vida política da sua mãe, que tem que engolir as pessoas por você ser filho dela a fazerem refém para conseguir coisas que ela abomina. Você rouba o direito dos seus avós de serem íntegros com os outros netos. Você é um maldito doente que como a lepra onde entra desperta tudo de ruim que existe no mundo. Está na hora de você ser macho e tomar uma atitude. Iniciar um tratamento para que você possa ter condições de viver no meio da sua família que o ama tanto. Faça, pelo menos uma vez na vida, algo de bom, inicie o tratamento. Eu lhe prometo visitá-lo sempre que for permitido.

Ele de cabeça baixa estava, e assim continuou, eu larguei o pulso dele e entrelacei minha mão na dele. Senti que ele levantou a cabeça, como que tentando entender aquela mudança, de pulso preso para um aperto de mão amigável.

Eu tinha percebido que a família estivera o tempo todo em outro cômodo ouvindo a nossa conversa.

Chamei a **Ruth** e o marido, pedi que ligassem para o **Lorenzo,** que estava no hotel da cidade, para que ele providenciasse a ambulância, pois com base no laudo médico, atestando que o **Gael** não tem controle das suas próprias condições físicas e psicológicas e se recusa a ser ajudado, há necessidade da internação involuntária e ele já tem o mandado judicial.

Já eram duas horas da tarde. Pedi um café para mim e para o **Gael**. Não soltei minha mão da dele em momento algum.

Os pais arregalaram os olhos, mas não disseram nada. Fizeram a ligação e em duas horas tudo já estava pronto para a ida do **Gael** para o local escolhido por mim e pelo **Lorenzo,** pois antes de ir jantar com a família, eu e o **Lorenzo** providenciamos tudo. Eu já saíra do Rio com quase todo o esquema montado.

Eu havia preparado tudo, pois tinha certeza de que iria convencer o **Gael**. Eu o encarei como um júri hostil e pude ser a advogada que precisava vencer aquele round, e com ajuda do Universo e dos meus protetores eu havia conseguido. A batalha estava ganha? Claro que não, era só o começo de um tratamento longo e doloroso para todos.

Assim, a **Ruth** poderia exercer sua função de vice-prefeita sem ser chantageada. E era também uma oportunidade para a reorganização da família sem ter que lidar diariamente com medo do pior acontecer.

A ambulância chegou, os pais quiserem se despedir e eu não deixei, não era uma despedida, era um até logo. Entrei com **Gael** na parte traseira, ele me olhou e perguntou:

– Você vai comigo?

Respondi:

– Claro, meu amigo, eu lhe prometi.

Lorenzo se encarregou de pagar o hotel e levar as minhas coisas para o Rio, e conversar com os pais do **Gael** e explicar o porquê de termos escolhido aquela clínica e tudo que iria acontecer no tratamento dele e que aquele local era especializado e renomado pela sua seriedade no tratamento a viciados.

Ali havia terapia ocupacional, artesanato, atividade física, terapia individual com psicólogo, yoga e crossfit, além de a alimentação ser uma preocupação contínua.

Eu acompanhei **Gael** até a porta da clínica especializada, e me despedi dele com um "até logo", pois a partir do portão eu não poderia entrar. Deixei claro para ele que fosse forte, que não seria fácil e se ele tivesse vontade de chorar que não se recusasse a desabafar daquela maneira, e que assim que fossem permitidas as visitas eu iria vê-lo.

Lembrei a ele também que ninguém está só no Universo, temos todos um anjo da guarda que nunca nos abandona. Se ele sentisse vontade, conversasse com ele porque ele é o nosso melhor amigo. No olhar dele havia medo. Mas ele acreditava em mim. Dei uma beijoca na face dele e fui embora.

Tomei um taxi, voltei para casa, tomei um banho e fiz questão de fazer o café bem gostoso, e lentamente o saboreei agradecendo ao Universo o resultado daquela situação.

Depois, sentei e entrei em meditação, reorganizando minha energia e meus chacras. Não sei quanto tempo levei. Quando senti que meu corpo e minha alma estavam em harmonia fui para a cama e dormi.

CAPÍTULO

10

O porteiro do meu prédio avisou que ele havia recebido minha mala e estava trazendo-a para mim.

Tomei um gostoso café da manhã, abri o laptop e verifiquei minha agenda.

Fiz algumas anotações e percebi que eu havia colocado uma interrogação no horário das 19 horas. Fiz a pesquisa e descobri que era a inauguração de um novo hotel na Barra da Tijuca de um grupo de grandes amigos do nosso escritório.

Resolvi trabalhar em casa na parte da manhã e só ir ao escritório à tarde, já pronta para ir à tal inauguração.

Cheguei no escritório, cumprimentei as secretárias e fui direto para a minha sala. Comecei a trabalhar e entrei no estudo do processo que estava para ser apresentado ao juiz.

Lorenzo apareceu, perguntou se eu ia à inauguração e se eu queria falar sobre o **Gael**. Eu sabia que não podia negar aquela conversa a ele, olhei e perguntei:

– Eu tenho opção?

Ele sorriu e disse:

– Claro que não.

Agradeceu em nome da família dele. Que a **Ruth** queria vir agradecer pessoalmente, mas ele me conhecia bem e sabia que eu iria dizer "agora não, vamos esperar pelos primeiros resultados."

Mudei de assunto e comecei a conversar sobre o processo que estava sobre a minha mesa. Trocamos ideia, os pós e os contras e as novas abordagens e provas que havíamos coletado.

Saímos juntos para a ir à inauguração, cada um no seu carro. Quando eu estava passando pela porta do setor de eventos do hotel eu vi de costas o **Jim O'Brien.**

Minha respiração mudou, e tratei de procurar um lugar no salão onde eu pudesse observá-lo e ele não pudesse me ver.

Falei com as pessoas responsáveis pelo evento, peguei uma taça de qualquer coisa oferecida pelo garçom, apenas para ter algo para segurar e fiquei olhando de longe o **Jim O'Brien.** Quando ele sumiu da minha vista, resolvi ir para a varanda do salão e acompanhada da taça que eu não sabia que sabor tinha, pois não havia experimentando-a.

Fiquei admirando a noite, as estrelas, ouvindo o barulho das ondas do mar, sentindo o cheiro da maresia, enfim, me desliguei de tudo, mas tendo em mente que a visão do **Jim O'Brien** mexia muito comigo, só de me lembrar dele eu sorria.

De repente ouço uma voz me dizendo

– Eu estava sentindo falta de seu olhar em mim.

Senti a adrenalina percorrer meu corpo, pois a voz dele era suave e sensual. Continuei de costas para ele. Então ele continuou:

– Você pensa que eu não percebia os seus olhos me acompanhando? Por que você parou de ir aos mesmos lugares em que eu ia?

Fiquei radiante de felicidade ao ouvir ele dizer que também havia percebido que eu o acompanhava com os olhos. Ele então disse:

– Muito prazer, meu nome é **Jim O'Brien.**

Eu me virei e vi o olhar mais lindo seguido de um sorriso que me fez quase desfalecer, era o homem do olhar e do sorriso que eu vira quando estava cavalgando na fazenda.

Lindo é quando dois olhares se cruzam e dois sorrisos aparecem. Eu sorri e disse:

– É você o homem que sorri com os olhos e com os lábios ao mesmo tempo, que eu vi na fazenda!

E sorri de uma forma que eu sei demonstrar toda a minha alegria e transmitir toda a felicidade que estou sentindo.

Ficamos em silêncio só nos olhando. Ele me perguntou:

– Você não sabia? Eu a reconheci no primeiro dia em que percebi você me acompanhar com os olhares, sem querer ser vista.

Eu respondi:

– Só pude ver o sorriso dos olhos e dos lábios, pois alguém entrou na sua frente e não pude vê-lo mais. Tive que vir embora na manhã seguinte. Mas não deixei de lembrar o quanto aquele olhar e aquele sorriso me fizeram bem. Em um evento eu o vi de costas e algo mexeu comigo.

– **Maria Eduarda**, um nome que combina com a beleza, a ternura e a deusa da sabedoria que você é. Sim, eu pesquisei sobre você. Fiquei triste porque você sumiu por algumas semanas. Pensei ter te perdido.

O garçom nos ofereceu mais bebida e ele me entregou uma taça.

– Entrei em contato com seu escritório, mas disseram que você estava fora da cidade a trabalho. Aí fiquei mais tranquilo, pois sabia que iria vê-la de novo. Você não tinha fugido.

Nossos olhares se fundiam, havia um mundo maravilhoso dentro dos brilhos dos nossos olhares, acompanhado do sorriso maroto de ambos. Era a certeza de termos encontrado alguém que há muito tempo procurávamos. Não precisávamos de palavras. Nossas mãos se tocaram e a sintonia foi perfeita. Eram dois adultos que sabiam exatamente o que queriam da vida e haviam captado a essência de cada um.

Era o Universo promovendo o encontro de almas gêmeas. Quanto mais conversávamos, mais compartilhávamos da mesma frequência energética, dos mesmos valores e das mesmas ideias. Até o time de futebol que torcíamos era o mesmo, Flamengo.

Alguns amigos dele se chegaram a nós, o papo foi ficando mais alegre e coeso, **Lorenzo** passou por nós e disse:

– Vou aterrissar com vocês, pois já vi que há muito riso e alegria.

Realmente falávamos sobre tudo e sobre nada. Havia uma energia positiva no grupo.

De repente ouvimos uma voz feminina dizendo:

– **Jim,** querido, que bom revê-lo, este hotel é lindo, mas os do seu grupo têm mais glamour – era **Rachel.**

Todo o grupo se calou. Ela continuou:

Dr.ª **Maria Eduarda** e Dr. **Lorenzo,** que bom vê-los.

– Boa noite, Sr.ª – Foi a minha resposta e a do **Lorenzo** idem.

Imediatamente meu pensamento voltou ao teor do bilhete do falecido **Paul Duboc.** As palavras da **Kathia** sobre a preferência da **Rachel** pelos hotéis da empresa do **Jim.**

De repente todo mundo ficou mudo. Ninguém falava nada, ela tentou iniciar uma conversa sobre hotelaria, imediatamente os outros participantes do grupo iniciaram aquela conversa que sabem muito bem fazer, que é excluir totalmente uma pessoa que ninguém quer que fique no grupo, pois essa pessoa é "desarmonia" onde antes existia coesão.

A conversa passou simplesmente a ser em torno de temas genéricos. Ela ficou ali tentando dar palpite, mas ninguém lhe dava oportunidade de emitir qualquer comentário.

Com um sorriso bem amável, pedi licença e fui ao toalete. Quando saí, olhei para ver se o grupo ainda estava lá, mas em minha frente apareceu o **Jim** que disse:

– Aceita ir embora daqui?

– Claro – respondi.

Ficamos conversando sobre em qual carro iríamos embora. Por fim decidimos cada um ir no seu carro e sugeri ir para um lugar onde podíamos conversar e saborear um sorvete super delicioso. Ele me olhou espantado, mas concordou.

Fomos para o meu lugar preferido na praia de Copacabana, onde o meu sorveteiro favorito tinha um quiosque. Estacionamos o carro, sentamos num banco da praia como duas crianças saboreando o que para nós naquele momento era o sorvete mais gostoso do mundo, porque a companhia era perfeita.

Ele começou a rir, e disse:

– Nunca em meus mais improváveis sonhos me imaginei sentado num banco da praia, à noite, tomando sorvete e gostando do que estava fazendo.

Eu não respondi, apenas sorri e pincelei um pouco de sorvete na ponta do nariz dele. Ah, o troco veio imediatamente...

Ele simplesmente passou sorvete no meu rosto e foi devagarinho beijando a minha face, de um lado ao outro, e nossos lábios se encontraram em um beijo de tirar o fôlego. E outro e mais outro. Devagarinho a leve brisa marítima bagunçava nossos cabelos.

Nos olhávamos como se aqueles beijos tivessem acordado nossos corações. Nós mesmos estávamos deslumbrados com o calor e a potência dos beijos em nós. Permaneci de olhos fechados com medo de abri-los e não ser verdade o que aqueles beijos acabavam de provocar em mim.

Mas bem baixinho ele falou:

– Pode abrir os olhos, eu estou aqui, não foi sonho, é pura realidade. Finalmente nos encontramos.

Não havia palavras que pudessem descrever aquele momento, nossos olhos se cruzavam e nossos lábios sorriam, de uma forma plena de energia positiva.

Eu nunca sentira algo semelhante. Era como se fosse um botão de rosa que desabrocha e mostra todo o seu esplendor. Eu estava fascinada e feliz porque sentia que aquele sentimento era recíproco.

Deixamos fluir nossos pensamentos, era um momento de alegria difícil de explicar em palavras. De mãos entrelaçadas observávamos o mar, sentíamos a brisa e víamos as ondas indo e vindo. E perdemos noção do tempo, nossos olhos se cruzavam como que nos dando a certeza de que não era sonho, era uma realidade linda.

Assistimos ao nascer do sol e ao movimento das pessoas como que nos avisando que o dia chegara. Era hora de irmos embora.

Caminhando de mãos dadas até nossos carros, nos beijamos novamente e senti uma energia mágica percorrer todo o meu corpo. Sentei no carro e tive que esperar a adrenalina diminuir para conseguir dirigir.

Cheguei em casa, olhei para minha cama, precisava de pelo menos 3 horas de sono para voltar ao mundo real.

Deitei-me e ao acordar a realidade me fez lembrar novamente do bilhete do falecido **Paul Duboc**. Não podia entrar de cabeça, não podia me deixar contaminar por um sentimento que nunca sentira antes. Nos cinco anos que namorei o **Heitor**, nunca tive uma faísca sequer dos momentos eletrizantes que senti com o **Jim**.

Fui para o escritório e mergulhei no estudo das evidências do próximo julgamento em que iria participar. Quando a gente ama o que faz, isso é a nossa força motriz que evita que nos desviemos da nossa trajetória.

Lembrei-me de convidar a **Kathia** para jantar, pois estava em falta com ela. Eu voltara das férias e não tivera tempo de ligar para ela.

Ela sugeriu que, em vez de jantarmos fora, no dia seguinte eu fosse jantar na casa dela, pois seu marido estava curioso para me conhecer. Convite feito, convite aceito.

Fui cedo para casa, tomei um banho gostoso e sentei para meditar. A meditação fortalece meu espírito, não me permitindo deixar de lado as minhas intuições. E tive uma noite de sono simplesmente relaxante e gostoso.

No dia seguinte, à noite, fui ao jantar na casa da **Kathia.** O marido dela era uma pessoa agradável e ladina, conversar com ele foi uma experiência agradável e desafiadora, porque me obrigou a ficar alerta com o que falava, pois ele sabia que eu havia recusado ser a advogada da **Rachel.**

Se ele era ladino eu também sei ser habilidosa com as palavras e com os gestos. De mim ele não conseguiu arrancar nada do que pretendia. Muito pelo contrário, eu consegui algumas informações preciosas. Como o nome do empregado que havia sido demitido por causa da **Rachel** e em qual filial da O'Brien & Smith o rapaz estava trabalhando.

De um modo geral foi agradável jantar com eles. Sempre temos muito a aprender com as outras pessoas se estamos abertos a crescer espiritualmente e profissionalmente. O conhecimento dele sobre finanças é inesgotável e me ensinou vários ângulos de abordagens para utilizar com os futuros clientes, ou melhor, réus, principalmente que tenho um pai que vive com uma mulher que tem uma empresa de "lavagem de dinheiro".

Jantar na casa da **Kathia** se tornou um hábito. Eles gostaram de mim e como eu não tinha família no Rio de Janeiro eles simplesmente se elegeram como a minha família. Fiquei feliz e grata. Semanalmente eu ia jantar com eles.

Com a desculpa de que eu queria aprender mais e mais dicas financeiras, pude ir gradativamente incluindo nas conversas com o marido da **Kathia** a ideia de que centavos são sempre subtraídos das empresas e passam despercebidos até que o montante se torna surreal. Era o que o falecido **Paul Duboc** sabia que estava ocorrendo na empresa dele. O marido da **Kathia** levou ao pé da letra a minha insinuação. Eu soube por ela que mudanças de cadeiras ocorreram na empresa.

Fiz questão de não querer saber muito sobre essas mudanças para não me envolver, mas cada vez que o marido da **Kathia** me via, havia sempre um olhar de agradecimento.

Eu soube inclusive que a **Rachel** havia sido transferida para o setor de Relações Públicas, em que não podia lidar com valores de forma alguma. Não a deixavam ficar muito tempo no mesmo cargo, para que não criasse raízes no setor.

Quanto ao meu interesse pelo **Jim O'Brien,** ele continuava aceso dentro de mim, mas eu evitava me entregar totalmente. O olhar dele me trazia paz e aconchego. É um olhar doce e misterioso. É um olhar diferente, gostoso de se ver, que só de lembrar me faz feliz e acesa.

Ele me ligou marcando um jantar, mas era dia do meu jantar na casa da **Kathia**. Pedi a ele um tempinho para terminar uma outra ligação e em seguida ligaria para ele. Mas o que eu queria era comentar com a **Kathia**, sobre levar o **Jim** à casa dela. Contei a ela e esta ficou feliz, afinal ele é uma pessoa considerada do bem. Eu não achava justo, só porque ele tinha decidido me convidar, eu trocar o dia do jantar na casa da minha amiga.

Liguei de volta para ele e disse sim ao jantar, mas não disse onde seria. Ele riu, mas concordou. Às 20h me pegou em casa e fomos para a casa da **Kathia**.

Quando o marido da **Kathia** e **Jim** se viram começaram a rir. Eles se conheciam. Já tinham feito projetos juntos. Jantar maravilhoso. Pleno de muito bom humor, comida saborosa, bebida deliciosa e assunto sempre atual. **Kathia** que tinha pegado para si o papel de minha mãe adotiva, ficou encantada, olhava para nós e dizia:

– Que casal lindo e harmonioso vocês fazem.

Eu e **Jim** olhávamo-nos, e só nos restava rir.

Saímos bem tarde e **Jim** foi me deixar em casa. Parou o carro na frente do meu prédio e me pediu para contar um pouco da minha vida e como a **Kathia** acabou "me adotando".

Contei que tinha perdido a minha mãe cedo, meu pai se casara de novo e mudara para o interior. Começara a trabalhar como pequena aprendiz na empresa do **Lorenzo**, e terminar sendo advogada foi uma consequência impossível de não acontecer. Todos na empresa me apoiavam e me incentivavam a ser a melhor advogada do planeta.

Ele me olhou e perguntou sobre namorados, se ele teria que me disputar com algum príncipe encantado. Eu respondi rindo, imaginando o **Heitor** como príncipe encantado, que estivera num relacionamento por cinco anos com o **Heitor**, o famoso jornalista, menti dizendo que o amor havia virado amizade, e que nos separamos, mas continuávamos como amigos.

Ele riu, e perguntou:

– E por que você só falou de um relacionamento?

Olhei espantada para ele e disse

– Eu só tive o **Heitor**, ele foi o primeiro e único homem na minha vida.

– Como assim? Esse cara deve ser louco, tem que ser internado urgentemente, deixar o amor virar amizade com uma mulher linda e maravilhosa como você, me explica direito, porque não dá para acreditar que alguém deixe de amar uma mulher tão completa como você.

– Ei, tá me chamando de mentirosa? – Falei.

– Não, em hipótese alguma. O seu beijo, o seu sorriso, o seu modo carinhoso de falar, a sua postura diante da vida, é impossível alguém deixar de amar você. Como era o seu relacionamento íntimo com ele? – Insistiu ele.

– Acho que normal. Nunca estive com outro homem. – Respondi. – E o beijo que você me deu no outro dia me fez viajar a mil quilômetros por hora, eu nunca havia sentido o que senti.

Ele ficou me olhando, como se eu fosse uma pessoa de outro mundo. Geralmente as mulheres não entregam seus sentimentos de uma forma tão simples.

Eu sabia o que ele queria dizer, mas era verdade eu nunca tivera uma relação íntima com o **Heitor** que me deixasse sem fôlego, ou querendo mais e mais.

Ficamos em silêncio, de mãos dadas. E de repente ele carinhosamente puxou meu rosto e começou a me beijar, bem devagarinho, e foi aumentando de intensidade, sua mão envolveu meus cabelos, era um momento intenso e maravilhoso. Eu queria mais daquilo. Encostei minha cabeça no seu ombro e ele acariciava meu rosto, meus lábios e me beijava, seus lábios eram um néctar que me tornava desejosa de mais e mais.

O sol bateu no vidro do carro, nos lembramos de que já era dia, que estávamos sentados no carro na porta do meu prédio. Nos separamos e começamos a rir.

– Menina, nunca em toda a minha vida uma mulher me tirou totalmente do meu prumo. Você deve ser uma sereia, pois encanta, domina e nos faz querer nunca sair de perto de você.

Eu abri a porta do carro para sair, ele me puxou, me deu mais um beijo, retribuí de forma marota e fui embora sem olhar para trás.

Quem estava sem prumo era eu. Meu coração tremia de felicidade, meu corpo queria sentir aquele homem.

Mas a realidade me chamava. Eu tinha que me preparar para um novo julgamento e precisava deixar de lado a parte pessoal e deixar a profissional tomar a frente.

Fui para o escritório e me esqueci do mundo exterior. Repassei tudo que poderia acontecer no julgamento e repassei as evidências, os prós e os contras que poderiam fazer o promotor enveredar para qual tipo de manobra usaria ali.

O telefone tocou, atendi e era o **Jim**. Falamos brevemente e ele perguntou a que horas poderia me pegar. Eu respondi que sem chance, pois estava há dois dias de um julgamento e não tinha condições de fazer outra coisa que não fosse me dedicar àquele processo, a vida de um homem estava em minhas mãos.

Houve um silêncio, ele então me falou que dentro de dois dias ele teria que se ausentar do Rio, que gostaria de me ver antes de viajar. Eu lamentei, mas o julgamento começava em dois dias e eu não poderia desviar minha atenção para nada. Eu adoraria vê-lo, mas...

Ele me fez mais algumas perguntas sobre o julgamento, fiz um relato bem breve para que pudesse entender o meu modo de ser. Parece que consegui. Ele me disse que antes de dormir iria me ligar novamente, eu respondi que adoraria ouvir sua voz antes de dormir, dei boa tarde e desliguei.

Como praticante da espiritualidade estava preparada para me aperfeiçoar evitando que minha mente "viaje" e eu caia nos prazeres da matéria de forma ilimitada, pude resistir a sair com o **Jim**.

Por isso não me permiti pensar nele novamente. Voltei meu pensamento imediatamente para o julgamento. À noite ele não me ligou. Confesso que estava tão envolvida que só senti um pouquinho, mas eu tinha a responsabilidade para com meu cliente. Tinha que fazer o meu melhor.

CAPÍTULO

11

O dia do julgamento chegou. Pensei que duraria uns dez dias, porém foi mais longo do que o imaginado. A acusação apresentou novas testemunhas, me obrigando a tirar argumentos e contra-argumentos de não sei onde. O réu era primário, e eu soube fazer a colocação de que este havia cometido o crime num momento de desespero. Lúcido ou desnorteado, voluntária ou involuntariamente, ele criou, pelo seu comportamento, a situação de perigo para si mesmo. E num impulso irrefreável pelo acúmulo de provocações, situação a que todos estamos sujeitos num momento infeliz de nossas vidas, fez o que fez.

Diante da excelente atuação do promotor e da lógica apresentada pela defensoria os jurados ficaram divididos e levaram quatro dias para deliberar. O resultado foi que meu cliente pagaria uma multa alta à família do morto e foi condenado a oito anos em regime semiaberto, o que significava trabalhar em locais previamente definidos fora da unidade presidiária durante o dia e voltando para dormir na penitenciária. Nosso escritório vibrou com a decisão. Mais uma vez eu conseguira diminuir a pena de um réu.

Quando terminou o julgamento, fiquei sentada olhando as pessoas saírem, como sempre faço e analiso mentalmente se cumpri com o que me propus, ajudar a um réu que matou a não ser absolvido, e sim a cumprir uma pena que o faça entender que toda má ação tem consequências. Senti que havia conseguido cumprir mais uma vez as lições da espiritualidade.

Claro que a **Kathia** estava lá para dar sua opinião sobre o que concordava ou não. Ela me fazia bem, me fazia rir muito. Agradeci.

Juntei os documentos, peguei minha pasta, entrei no carro e fui dar uma volta pela praia, pois não há nada que me acalme mais do que a brisa da praia e a imensidão do mar. Meus pensamentos fluíam livremente me lembrando de que a vida é infinita e que acima das nuvens pretas sempre tem um céu azul.

E assim pensando me sinto revigorada. Pensei no **Jim**, eu intuía que havia despertado nele sensações que ele antes nunca sentira. Então, com certeza ele se afastaria de mim. Era esperar ele ter coragem de enfrentar um sentimento novo que nunca havia ainda conhecido.

Na sexta-feira fui jantar na casa da **Kathia**. Como sempre alegria, bom humor e ótimo papo. O telefone toca e a cunhada da **Kathia** liga avisando que a ambulância está levando o marido, que é irmão da **Kathia**, para o hospital.

Acompanhei-a ao hospital, pois ela ficou tão nervosa que não conseguia dirigir. O marido ficou em casa para telefonar aos outros membros da família.

Os médicos tentaram de tudo, mas o irmão da **Kathia** veio a óbito. Fiquei ao lado dela o tempo todo. No velório estavam presentes as mais importantes pessoas do mundo empresarial e as pessoas mais importantes do país, ele era muito querido.

A **Kathia** permaneceu o tempo todo de mãos dadas comigo. Era como se eu fosse o seu porto seguro. Ela e o irmão eram bem unidos e tinham um relacionamento muito bom. O marido dela me pediu que não saísse de perto dela, pois eu era a pessoa a quem ela mais ouvia.

Era tanta gente para cumprimentá-la que realmente me dei ao luxo de olhar e não ver as pessoas. Mas uma pessoa me chamou a atenção, a **Rachel**. Toda solícita, se prontificando a ficar ao lado dela. **Kathia** agradeceu e disse que a **Maria Eduarda** era tudo que ela queria ao seu lado naquele momento. Me lembro de ver a cara espantada dela ao me ver.

Sei que o **Jim** também esteve dando as condolências a ela, mas não me lembro de prestar muita atenção a ele. Só me lembro dele me avisar que estava à disposição para o que a **Kathia** e a família precisassem.

Lorenzo veio ficar ao nosso lado. Bem baixinho ele me disse que o "morto" ainda não tinha sido enterrado e já estavam fazendo apostas de quem seria o novo presidente da empresa. Lembro-me bem de dizer a ele que seria o marido da **Kathia**.

Ele me olhou espantado e perguntou:

– Como assim?

– A esposa do falecido é meia-irmã do marido da **Kathia** e elas já tinham há muito tempo, a pedido do falecido, concordado que usariam seus votos para eleger o diretor financeiro no caso da aposentadoria do presidente. Como ele faleceu, lógico que elas iriam cumprir o prometido.

Paramos de falar, pois era muita gente passando e a **Kathia** pediu para ficar num canto sem ter que ouvir o blá blá das pessoas.

Passado o enterro, pude lembrar à **Kathia** que a morte não é nada, é apenas um até logo. E a realidade e a paz tornam-se prementes para ela, pois quem partiu depende da nossa paz. Não poderia deixar se abater, pois ela bem sabia que para onde o irmão tinha partido ele precisava de apoio dos que ficaram aqui na terra, para também seguir em frente na nova etapa da sua vida. O que somos um para o outro ainda continuamos sendo. O cordão da união não se quebrou, apenas o falecido está do outro lado do caminho e fora da nossa vista.

Uma frase difícil de ser aceita por aqueles que perdem um ente querido: "a vida continua". É dura, mas é a pura realidade. Nós espiritualistas sabemos que mais adiante vamos reencontrar nossos entes queridos. É um bálsamo sabermos disso.

Como a **Kathia** e a cunhada haviam prometido ao falecido irmão dela, o diretor financeiro, seu marido, assumiu a presidência da empresa. Houve muitas mudanças, inclusive a demissão da **Rachel**.

Nas semanas que se seguiram várias reportagens ligando o assassinato do **Paul Duboc** e do **Tércio Rocha** ao mesmo mandante. **Heitor** não estava pegando leve. Fiquei feliz e temerosa por ele. Mas cada um em sua profissão que assuma seus riscos e tome as devidas precauções para exercê-la.

No escritório continuávamos tendo o mesmo padrão de qualidade, cada advogado se preocupava com a excelência no atendimento. Aliás, **Lorenzo** não aliviava a barra de ninguém. Então fazer o bem-feito era muito mais prático e fácil do que ouvi-lo por horas e horas.

Às sextas-feiras eu continuava a ir jantar na casa da **Kathia**. Se por acaso eu não chegasse no horário, logo ela ou o marido ligavam perguntando se eu não iria. O marido dela desde que dei a ele a sugestão do controle dos centavos tornou-se meu "amigo de infância". Ele inclusive em um dos jantares comentou comigo em "particular" que descobrira que a **Rachel** estava mancomunada com alguns funcionários da empresa O'Brien& Smith.

Fiquei em silêncio. Ele inclusive me disse que tinha evitado que a **Kathia** soubesse, pois esta não sabia guardar segredos.

Entendi que ele estava fazendo uma confidência. Continuei em silêncio, e ele me perguntou se eu achava que o

Jim sabia do que acontecia na empresa dele. Continuei em silêncio. Perguntou se eu estava saindo com o **Jim**, respondi que não, mais tivera oportunidade de me encontrar com ele.

Ele me olhou e continuou:

– Você faz parte da minha família, ai dele se magoar você.

Dei um lindo sorriso para ele, daqueles que eu sei fazer para as pessoas se sentirem acarinhadas.

Respondi a ele:

– Eu assusto um pouco os homens, sou independente demais. Sei que ele tem me evitado, eu despertei nele algo que ele nunca havia sentido. Vamos dar um tempo para ele decidir o que quer da vida. Já que estamos falando confidencialmente, creio que a **Rachel** tentará emprego em uma das empresas do **Jim**. Que tal você evitar isto?

Ele balançou a cabeça e a conversa tomou outro rumo.

Realmente, eu não havia me encontrado mais com o **Jim**. Mas eu procurava nos noticiários e na internet saber como andava a vida dele. Era visto cada dia com uma mulher diferente. Todas lindas e glamurosas. Bem lá no fundo eu sentia uma coisinha chamada "ciúme", mas o que fazer.

Continuei a aceitar convites de amigos e a ir a vários eventos, em que eu sabia que o **Jim** estaria. Porém, meu comportamento mudou. Eu fazia questão de ignorá-lo. Se por acaso o encontrasse cumprimentava-o de forma bem--educada e gentil. Mas só. Dava as costas e ia conversar com meus amigos.

E o tempo passou, **Heitor** continuou com as excelentes reportagens, vez ou outra eu enviava anonimamente alguma notícia pertinente aos assassinatos e acompanhava o caminhar dele, e se o conhecia bem, ele logo chegaria bem perto da quadrilha.

Resolvi então plantar uma notícia, para colocar o **Heitor** de sobreaviso. Anonimamente enviei um aviso de que a vida dele estava correndo perigo por estar chegando perto de descobrir coisas importantes sobre a vida dos dois assassinados. Enviei para o diretor da revista, para o **Heitor** e para o diretor da revista concorrente deles.

Na segunda-feira seguinte **Lorenzo** entra na minha sala e diz que seu sobrinho **Gael** já podia receber visitas na clínica e havia perguntado quando eu iria lá. Eu já nem me lembrava mais daquele episódio.

Aquela tarde mesmo decidi ir até lá para visitá-lo. Fiquei feliz por ter ido. Recebi um sorriso dele. Ele havia ganhado alguns quilos e isso deixa-o com uma aparência bem melhor. Conversamos, ouvi os planos dele para o futuro e sugeri que ele tentasse ler algum tipo de leitura bem difícil, em que ele teria que pesquisar para entender o que estava escrito. Expliquei a ele que foi assim que descobri a minha aptidão para a advocacia. Ele riu muito e achou interessante o desafio.

À noite, meu pai ligou. Queria saber como eu estava, eu tinha certeza que o telefone estava no viva-voz. Como tudo que vem dele eu desconfio, perguntei logo qual era o problema, desta vez.

– Nenhum problema. **Nastácia** queria agradecer por você ter telefonado para ela e não para o **Duda**.

– Era o certo a fazer, pois mãe sempre protege os filhos. – Respondi cinicamente.

Como não falei mais nada, ele mandou um abraço e desligou. Pensei, eles queriam saber com certeza sobre o **Heitor**.

Eu às vezes ainda pensava no **Jim**, mas sabia que não devia sair da minha zona de conforto por alguém que tem medo de viver.

Uma bela tarde **Heitor** me liga e diz que vai receber um prêmio como o jornalista do ano. Fiquei feliz, era merecido. Ele então me convida para estar ao lado dele na hora de receber o prêmio. Aceitei. Seria dali a dois dias.

Resolvi ir ao shopping e comprar uma roupa bem bonita. Acho que abusei do direito de comprar uma roupa bonita, era simplesmente o máximo, quando ele foi me buscar, ficou parado me olhando. Confesso que também gostei muito do meu visual naquela roupa.

Chegamos ao hotel onde seria a recepção. Quando entramos senti que os olhares de todos voltavam-se para mim. Confesso que fiquei muito feliz com aqueles olhares e cochichos baixinhos. **Heitor** sempre teve o hábito de andar de mãos dadas comigo, e foi assim que entramos no local do evento.

Caminhando pelo hall demos de cara com o **Jim**. Ele parou e ficou me olhando, eu o cumprimentei com a cabeça e um leve sorriso e segui junto ao **Heito**r. Durante todo o evento senti os olhos dele me seguirem. Acredito que ele não se aproximou porque fiz questão de não sair de perto do **Heitor**.

Quem estava também presente era a **Rachel**. Os olhos dela me acompanhavam, fiz também um cumprimento leve de cabeça, mas sem sorriso.

Depois de algum tempo falei baixinho para o **Heitor** que estava saindo de fininho. Que ele ficasse e curtisse, mas eu precisava ir embora. Ele disse que me levaria, eu não deixei, a festa era para ele. Dei uma beijoca nele de leve e ele entendeu que não adiantava insistir.

Tomei o elevador e na calçada fiz sinal para um taxi. Cheguei em casa e quem estava na porta me esperando era o **Jim**.

Olhei para ele, e fiz menção de entrar, ele me puxou e disse:

– Eu sabia que você só estava lá para prestigiar um amigo.

Olhei friamente e respondi:

– Estou cansada, boa noite.

– Não sem antes me dar um beijo daqueles que não consigo esquecer.

Eu o afastei e respondi:

– Deixe de ser criança mimada. Boa noite.

Me afastei dos braços dele e entrei no prédio.

Eu tremia, eu queria sim beijá-lo. Mas não quando ele quisesse. Que fosse adulto e me convidasse para sair, aí sim poderíamos até trocar beijos, mas não escondido como se estivéssemos fugindo ou fazendo algo errado.

O resto da semana foi insano. **Bernardo,** um dos melhores advogados da empresa, adoeceu e me pediu que o substituísse na audiência que ele deveria comparecer. Estudei o processo, fiz algumas anotações e lá fui eu. Consegui reverter o caso e o juiz deu ganho de causa para o nosso cliente.

Lorenzo veio me cumprimentar e eu não estava para blá blá blá. Ele me olhou e disse:

– Você está com cara de mulher apaixonada.

Dei as costas para ele e fui para minha sala. Ele me seguiu. Eu sabia que ele não iria desistir, até eu falar o que estava me incomodando. Para ficar livre dele, de uma forma rápida contei o nome da pessoa que estava me tirando o sono, **Jim O'Brien.**

– Alguma vez o **Heitor** lhe deixou assim de mau humor? – Perguntou ele.

– Nunca, em cinco anos nunca. – Respondi.

– Mocinha, a senhora está terrivelmente apaixonada pelo **Jim**. E ambos são duros de ceder. Fico feliz que você tenha encontrado um parceiro que lhe mereça.

Baixei a guarda e contei a ele, mais ou menos, como estavam as coisas. Ele caiu na risada e acabei rindo também. Foi bom ter desabafado com o **Lorenzo**. Eu não poderia desabafar com a **Kathia**, porque ela logo iria até ele e diria, sei lá quantos impropérios.

E a sexta-feira chegou e fui para o jantar na casa da **Kathia**, antes telefonei para ela perguntando se podia levar o **Lorenzo**. Eu sabia que ele estava precisando de um ambiente tranquilo, pois também tivera uma semana apertada com alguns problemas familiares.

Ela prontamente concordou. Passei na sala dele. E o puxei levando-o comigo. Ele fez um pouquinho de birra, mas tudo teatro. Ficou feliz de poder conversar e estar num ambiente onde pudesse ser ele mesmo.

Quando lá chegamos, **Jim** estava sentado bem em frente à porta de entrada. Interiormente fiquei felicíssima, externamente dei um leve sorriso. **Lorenzo** olhou para mim e depois olhou para ele e disse baixinho alguma coisa para ele, que fez o **Jim** sorrir de um modo que me derruba.

Noite simplesmente deliciosa, boa comida, ótimas bebidas e música suave que nos faz sonhar.

Num certo momento, o marido da **Kathia** olhou para mim, como se perguntasse "posso falar da **Rachel?**". Balancei a cabeça afirmativamente.

Com uma desculpa, levou o **Jim** até o escritório da casa com o intuito de lhe mostrar alguma coisa. Nada de anormal, eram dois presidentes de duas grandes empresas. Tinham muitos assuntos em comum.

O tempo passou e eles não saíam de lá. **Lorenzo** e eu resolvemos ir embora, com a desculpa de que o dia seguinte seria um dia muito atribulado. **Kathia** não insistiu porque sabia ser verdade.

CAPÍTULO

12

Semana agitada, mas era bom que fosse assim, pois evitava as minhas lembranças dos beijos gostosos do **Jim**, do calor que aqueles beijos despertavam no meu corpo, porém gosto muito de mim para aceitar migalhas de quem quer que seja. Eu gosto das coisas com princípio, meio e fim.

Colocava as lembranças num cantinho do coração e voltava a montar os processos. Certa tarde, quando um colega entrou na minha sala para entregar um documento, ouvi do lado de fora uma voz que parecia ser do **Jim**. Agradeci ao colega o documento, e quanto à voz, achei que havia sonhado acordada. Voltei rapidinho para meus processos.

Se eu havia despertado nele algo que ele nunca sentira, e eu sabia que sim, pelo modo como ele reagira e correspondera aos beijos, mas estava sem coragem de enfrentar esses sentimentos, problema dele. Se ele só me queria para me dar alguns beijos de vez em quando, podia esperar sentado, porque isso não ia acontecer. Voltei para montar as estratégias para os meus processos.

E a noite chegou, quando estava me preparando para ir embora, **Lorenzo** entra na minha sala e diz que tem novidades. Espero, e ele diz que o **Jim** esteve no escritório conversando com ele. Queria contratar os serviços do nosso setor de Auditoria interna e externa. Fiquei em silêncio aguardando-o continuar.

– O marido da **Kathia** conversara com ele porque soubera que a empresa dele havia contratado uma funcionária, que já trabalhara na empresa dele e ele se sentira na obrigação de contar fatos que aconteceram na empresa e que motivaram a demissão de alguns funcionários, inclusive da funcionária **Rachel,** que estava trabalhando na empresa dele. Explicou a ele também que você, **Maria Eduarda**, após conversar com a **Rachel,** havia recusado ser advogada dela, pelo indiciamento da polícia na morte do marido dela. Explicou que ele podia afirmar com certeza, apesar de você não tocar no assunto, porque eu, **Lorenzo**, havia informado ao advogado da empresa dele, então ele não estava faltando com a ética ou com a verdade. Falou sobre a demissão do funcionário que lhe mostrara documentos da empresa O'Brien & Smith rasurados e com o ok da **Rachel** e os guardara em uma gaveta, e quando foi pegá-los três dias depois, misteriosamente estavam sem rasuras. Passada uma semana, o funcionário que lhe entregara os documentos rasurados foi acusado pela **Rachel** de assédio moral. O falecido ex-presidente ficou a favor dela e ia demitir o funcionário. Porém, o ex-marido da **Rachel**, que naquela época ainda estava vivo, exigiu que o funcionário não fosse demitido por justa causa e ainda conseguiu um emprego para o rapaz numa filial da O'Brien & Smith. Forneceu o nome do funcionário demitido por suposto assédio moral a ela. Continuou contando que, por insistência **da Maria Eduarda**, iniciou um controle maior nos lançamentos de despesas para verificar se centavos não estavam sendo desviados. Contratou uma empresa que descobriu um rombo bem alto de desvio, e a **Rachel** estava envolvida. Quando foi descoberta, fez um acordo fornecendo os nomes de outros funcionários que compactuavam com ela. Como o falecido ex-presidente e a esposa dele foram padrinhos de casamento dela e do **Paul Duboc**, ela foi mandada embora sem justa causa. Ele, **Jim**, localizou o funcionário demitido por suposto assédio moral a ela, conversou com ele e realmente pôde comprovar ser verdade o que o marido da **Kathia** havia lhe contado. E como a **Rachel** quando foi demitida foi em busca da ajuda dele, pois ele já a conhecia devido a encontros íntimos, e acreditando que ela fora demitida porque havia nova diretoria, devido à morte do ex-presidente, empregou-a num ótimo cargo.

Lorenzo continuou dizendo que assinaram um contrato e no dia seguinte a equipe de Auditoria estaria iniciando uma varredura na empresa dele. Ele exigiu que não importava quem estivesse envolvido, ele queria abertura de processos e que fossem a fundo, doesse a quem doesse. E desde já, estava contratando nosso escritório para assessorá-lo, em caso de processos serem abertos.

Ficamos em silêncio. De repente ele começou a rir de nervoso e disse:

– PQP, olha essa mulher no nosso caminho de novo.

Abri minha gaveta, peguei dois copos e uma garrafa de whisky e tomamos uma dose. A gente merecia. Sabíamos que estávamos mexendo em vespeiro e que boa coisa dali não viria.

Voltei para casa me sentindo energeticamente mal. Tomei um banho e entrei em meditação, para prover meu corpo físico e mental de energias para que minhas intuições e comportamentos não me deixassem fora de sintonia do mundo real e minha resiliência fosse sempre rápida diante de qualquer adversidade.

Esse mergulho interno é determinante para que eu saiba atuar como dona das minhas decisões e escolhas, para que eu seja condutora do meu próprio caminho. Só dessa maneira posso direcionar forças para evoluir e caminhar de encontro ao que tenho de melhor e a transcender os pontos que precisam ser aperfeiçoados para eu não ser injusta em nenhum momento da minha vida, com quem quer que seja.

Além disso, eu não podia perder meu constante bom humor, pois ao praticá-lo consigo olhar para as situações de risco com outra perspectiva, vendo cada problema de modo mais realista e menos ameaçador.

Uma vez que a característica do sorriso nos ajuda a olhar para a vida com menos peso. Devemos, então, encarar cada fato de forma crua, sem nos entregar completamente aos desvios da mente. O sorriso nos torna mais fortes e nos proporciona descobrir o nosso propósito. Dessa forma, é possível alinhar o propósito da vida com aquilo que nos faz sentir mais completos. Ou seja, una com o Universo.

Voltei a visitar o **Gael** na clínica, e ri muito com ele, pois ele estava tentando descobrir que livros difíceis poderiam despertar a curiosidade dele para o futuro, conforme eu sugerira. Ele havia começado pelo livro de química, havia odiado. Passei uma tarde bem agradável e percebendo que lentamente uma pequena, mas muito pequena melhora estava acontecendo nele.

E assim se passou um mês, sem mudanças, ou melhor, aguardando novidades que sabíamos, **Lorenzo** e eu, que viriam da empresa do **Jim**. Eu fazia questão de não estar em nenhum evento em que eu pudesse encontrá-lo. E o marido da **Kathia** pediu à esposa que evitasse convidar o **Jim**, pois havia passado para ele algumas informações e era preciso esperá-lo constatar a veracidade dos fatos narrados.

Assim a **Kathia** me contou. Fiquei em silêncio e mudei logo de assunto, e nossos jantares continuaram a ser alegres e bem agradáveis.

Durante um desses jantares, ele disse para nós que ficara aliviado em contar ao **Jim** sobre a **Rachel** e os comparsas dela, pois não contando ele se sentia um traidor, o **Jim** estando na casa dele e ele evitando falar sobre os fatos que ele sabia serem importantes para qualquer empresário do bem.

Ele me agradeceu por ter permitido que contasse tudo ao **Jim**. Sorri levemente. Era o correto a ser feito.

A primeira providência que a empresa de auditoria fez foi colocar câmeras supermodernas e quase invisíveis no setor onde a **Rachel** trabalhava e nas salas onde se sabia que ela sempre ficava depois do expediente.

Tudo foi feito para que os funcionários não desconfiassem de que estavam sendo vigiados, evitando assim que encobrissem os seus malfeitos.

Agindo assim, além dos dados comprobatórios dos desvios dos centavos, havia as câmeras direcionadas para frente dos computadores ou laptops de quem estivesse utilizando as salas.

A nossa empresa de auditoria levou ao conhecimento do **Lorenzo** as provas filmadas e os documentos que comprovavam que havia funcionários que, ao debitar valores de despesas, sempre lançavam numa conta XX alguns centavos de cada despesa lançada. A empresa era enorme e os gastos também. Então os centavos de cada despesa lançada geravam valores que se tornavam bem expressivos.

Lorenzo pediu ao **Jim** que fosse se encontrar com ele nas dependências da empresa de auditoria.

Ao assistir às filmagens, ouvir as conversas e ver cópias dos valores desviados, **Jim** esmurrou uma parede e chegou a quebrar a mão.

Lorenzo já havia solicitado desde o início que ao detectarem desvios de dinheiro, pesquisassem também a vida financeira dos envolvidos e se estes tinham outras contas bancárias. E verificassem também no exterior.

Lorenzo providenciou junto ao RH da O´Brien & Smith a demissão dos envolvidos por justa causa. Eram eles **Rachel** e mais três funcionários de um outro setor, sendo que um desses era chamado carinhosamente pelos colegas de *Dubai.*

Foi constatado também que eles tinham contas em outros bancos, e foram anexados documentos bancários e relação dos seus bens.

Eu havia transcrito para um papel os fatos gravados nos pen drives que o falecido **Paul Duboc** me entregou e antes de enviar os pen drives para o **Heitor**, guardei a cópia digitada no cofre de um banco.

Lorenzo me pediu para ler e comparar os fatos ali escritos com as provas encontradas na empresa O'Brien & Smith. Encaixaram perfeitamente. Impossível os crimes serem negados.

Rachel tentou conversar com o **Jim**, mas não conseguiu porque ele havia providenciado uma barreira para que ela não pudesse ter acesso a ele.

O **Jim** queria colocar todo mundo na cadeia, mas o **Lorenzo,** eu e **Bernardo** ficamos até tarde estudando o que seria melhor, um processo ou chamar um por um e fazê-los devolver valores para a empresa.

Preparamos os relatórios para o **Lorenzo,** no dia seguinte, entregar ao **Jim** com as duas opções, e ver o que ele preferia. Ficamos até tarde preparando o relatório.

Tomamos o elevador, descemos na garagem para pegar nossos carros e tive um pressentimento de que algo ia acontecer. **Bernardo** falou alguma coisa comigo e não respondi, estava olhando fixamente para um homem que vinha na direção do **Lorenzo**, imediatamente gritei:

– **Lorenzo,** se jogue no chão, que este homem é o _Dubai_ e está armado!

Mas quando **Lorenzo** o fez o cara já havia atirado nele, eu fiquei enfurecida e me joguei em cima do homem, que caiu, e aí eu mordi o braço dele, mas ele conseguiu também atirar em mim. Não vi mais nada.

Quando acordei estava em uma cama de hospital, tinha levado um tiro no ombro e sido operada para retirar a bala.

Quis logo saber do **Lorenzo.** Ele estava vivo, soube que tinha sido operado, seu estado era grave, tinha levado um tiro no estômago.

O homem que eu chamei de *Dubai* foi agarrado pelo **Bernardo**, que sentou em cima dele até a polícia chegar, pois os tiros chamaram a atenção de outras pessoas que estavam na garagem e ele não conseguiu fugir, assim me contaram.

Ao saber que **Lorenzo** estava vivo, fiquei mais calma. Pensei, no mundo existem **quase 8 bilhões** de pessoas, e o infeliz do *Dubai* tinha que atirar justamente na pessoa que eu mais considero no mundo.

A raiva tomou conta de mim. Uma acompanhante tinha sido contratada para ficar comigo, até eu ter alta. Pedi a ela que telefonasse para o **Heitor**, tinha urgência de falar com ele.

Ele veio rápido, pedi à acompanhante que saísse do quarto, e perguntei ao **Heitor**:

– Quer solucionar os assassinatos do **Paul Duboc** e do **Tércio Rocha** e ter informações exclusivas?

Ele balançou a cabeça afirmativamente.

Eu então propus a ele que me tirasse do hospital, sem que percebessem, e fosse de carro comigo a um lugar. Ele me olhou com medo, porque eu estava ainda cheia de pontos.

Eu então disse:

– Se você não fizer isso, eu chamo seu concorrente e ele vai ter a exclusiva deste caso. Ele me olhou e perguntou:

– Foi você que me enviou os pen drives?

Balancei a cabeça afirmativamente.

Não sei que jeito ele deu para afastar a acompanhante e fomos no carro dele para a cidade onde meu pai morava, num silêncio total. Eu sentia muitas dores, mas a raiva era tanta que eu nem ligava.

Entrei pela casa adentro, agarrei meu pai pela camisa, a esposa dele veio, eu dei um pontapé nela. Não sei de onde vinha tanta força. Com raiva falei:

– Vocês tinham **quase 8 bilhões** de pessoas no mundo para matar e escolheram justamente a pessoa que mais considero na vida, então aguentem as consequências. Eu quero o laptop de vocês dois, e as senhas também. E quero tudo relacionado, as contas bancárias no Brasil, no Panamá, depósitos e balancetes e os nomes dos responsáveis pelas contas.

Exigi também os nomes dos outros membros da quadrilha e em quais empresas operavam.

Meu ombro começou a sangrar, meu pai ficou apavorado e a **Nastácia** começou a colocar gelo no meu ombro, mas minha indignação era tamanha que eu não largava o pescoço do meu pai, quase o enforcando.

Obriguei-o a contar tudo para o **Heitor**, ele concordou, desde que o nome dele e o da **Nastácia** não fossem mencionados como fontes. Avisei que o _Dubai_ já estava preso, que então não adiantava esconder nada.

Ele fez tudo que eu pedi. Quando terminou eu disse para ele e para **Nastácia**:

– Pai, eu sei que você já está aposentado então arrume as malas e suma do país. Leve consigo o safado do seu filho.

Voltamos para o hospital e pude então chorar de dor. Deram-me um medicamento bem forte e não sei quantos dias mais fiquei no hospital. Passei por uma nova cirurgia e colocaram acompanhantes 24 horas de plantão para eu não conseguir sair de novo do hospital sem ter alta.

Lorenzo melhorou, apesar de ainda ter que demorar mais um tempo no hospital, eu já podia conversar com ele.

Heitor montou uma reportagem excelente e com a ajuda dos pen drives ele pôde contar todo o acontecido sem precisar mencionar o nome do meu pai e da **Nastácia**. A reportagem feita pelo **Heitor** foi um sucesso. Inclusive ganhou até prêmio.

Dubai confessou que havia matado o **Paul Duboc** e o **Tércio Rocha** a mando da **Rachel**. E que havia também atirado no **Lorenzo** a mando dela.

– Quanto à tal advogada bonitona, não era para ser assassinada naquele momento, era para primeiro matar o pai dela, o **Lorenzo**, depois ela e finalmente o **Jim**, por não ter dado apoio a ela. Só atirei na safada da advogada porque ela gritou meu nome e eu não podia deixá-la viva. Ela é um cão raivoso, deixou meu braço marcado com uma mordida.

Ele confessou ainda que era o pai do filho da **Rachel** que atualmente havia sido adotado pela tia dela, e morava na Inglaterra.

Com os documentos apresentados, os valores depositados nas contas do Brasil foram bloqueados e as do Panamá foram extraditadas para o Brasil.

Eu tive alta do hospital e a **Kathia** queria que eu fosse para a casa dela. Recusei. Eu tinha que consertar minha vida espiritual, pois ao permitir que meu pai e **Nastácia** fugissem, e levassem com eles o safado do meu irmão, eu tinha adquirido mais débitos com o Universo.

Como eu poderia ficar bem comigo e viver em plenitude na vida atual sabendo o que meu pai fazia? Ajudei-o a não liquidar nesta encarnação seus débitos antigos. Eu havia feito mal não só a mim mesma, mas a ele também.

Nós viemos encarnados na mesma família para nos ajudarmos mutuamente. A reencarnação, dessa forma, é uma oportunidade de reparação, como é também oportunidade de devotarmos nossos esforços pelo bem dos outros, apressando a própria evolução espiritual. Quando reencarnamos, trazemos um "plano de vida", compromissos assumidos durante a espiritualidade, perante nós mesmos e nossos mentores espirituais, e que dizem respeito à reparação do mal e à prática de todo o bem possível.

Dependendo de nossas condições espirituais, poderemos ter participado ou não dessas escolhas, optando por provas, sofrimentos, dificuldades ou facilidades, que propiciarão meios para o nosso desenvolvimento espiritual.

Eu, em consequência do meu livre-arbítrio, tomei o caminho mais longo que foi o do mal, ao não permitir que meu pai e meu irmão não pagassem nesta vida os erros aqui cometidos.

O que fazer para encontrar a paz? Como me perdoar pelo erro? Eu não quis que o mundo soubesse que eu era filha de um corrupto e deixei-o ir para não prejudicar o meu bom nome de advogada.

Há três coisas na vida que uma vez que passam não voltam mais: o tempo, as palavras e as oportunidades. Não tenho medo de mudanças, apenas me incomoda que eu não seja hábil o suficiente para fazer as mudanças no momento em que elas aparecem, pois o futuro é uma incógnita para aqueles que não estão atentos ao tempo e às suas mensagens, como aconteceu comigo.

Como vou poder cobrar a verdade de alguém se eu não tive coragem de expor a minha verdade? Todos cometem erros, mas para entender melhor o que eu fiz tenho que refletir por que protegi meu pai. Tenho que aprender a me desculpar, pois sou humana e passível de erro, porém isso é justificar algo que na minha realidade não tem perdão. Mas não posso esquecer que estou em constante processo de aprendizagem e evolução.

Será que estou exagerando na minha culpa?

Quando me critico, não consigo compreender minhas imperfeições. Lamento pelo que ocorreu, e fico imaginando como seria se tivesse agido de outra forma.

Eu precisava encontrar um caminho para me perdoar.

Procurei saber como o **Lorenzo** estava e fiquei feliz que ele iria ter alta em breve. Já podia receber visitas, então fui vê-lo.

Foi emocionante ver aquela pessoa que era a mais importante para mim nesta vida viva e em pronta recuperação. Ele abriu um sorriso ao me ver. A esposa dele veio até mim e me abraçou. Segurei o choro. Ela dizia baixinho "agradecida, agradecida".

Me afastei dela para evitar chorar. Ele então caiu na risada, debochando de mim:

– Não quer chorar, quer mostrar que é forte – e continuou a rir.

A esposa dele também começou a zoar de mim.

Fiquei um pouco mais e avisei a ele que iria passar uns dias fora para colocar minha cabeça em ordem. Liguei do hospital mesmo para o **Bernardo**, pedindo que assumisse os meus processos durante a minha ausência. Ia saindo quando **Lorenzo** me chamou e disse:

– Me dê o telefone de onde você vai estar nestes dias, você me salvou, agora vai ter que me aturar na sua vida.

Dei o telefone de onde estaria.

Saindo dali fui direto para um Centro de Meditação onde já me inscrevera. Eu precisava refletir, liberar e recomeçar. Tinha que abrir espaço na minha mente para essa nova **Maria Eduarda**, que havia protegido alguém que não merecia. Tinha que aprender a mandar embora os bloqueios mentais negativos que teimavam em não me abandonar.

Foram dias difíceis. Limpar a mente da desordem que se acumulou e reaprender a reunir energia virtualmente para iluminar minha mente e meu mundo. Eu precisava ter novamente a verdadeira paz em meu coração e mente, para que a alegria voltasse à minha vida. Entrei de corpo e alma nesse processo. Não percebi quantos dias fiquei por lá.

Até que uma tarde me deparei ali com **Lorenzo** e sua esposa. Ele me olhou e perguntou:

– Desde quando férias de 35 dias fazem parte da Legislação Trabalhista?

Eu senti que o riso brotava novamente com facilidade em mim. Isso significava que havia vencido a desordem que havia no meu mundo.

Convidei-os para irem até o local onde nós lanchávamos. Nos sentamos e ele me perguntou de forma direta:

– conseguiu entender o porquê de não ter incluído seu pai na lista que entregou à polícia? – Apesar de não concordar, entendi que caso eu o fizesse, estaria abandonando a carreira de advogada e não poderia terminar as outras etapas que programei para esta vida. Tenho que admitir que sou falível e que não cumprir uma etapa da vida que me propus quando reencarnei não significa que tenha falhado completamente nesta vida.

– Aleluia, ainda bem que você já está curada, e não vou ter que ficar lhe lembrando que todos somos passíveis de omissões.

Ele olhou para mim e sério disse:

– Você não tomou conhecimento do depoimento do _Dubai_. Seu pai, mesmo safado, lhe protegeu desde o início, pois jurou para todos da quadrilha que você era minha filha. E isso não é possível porque só conheci sua mãe quando você tinha dez anos.

Fiquei em silêncio, pensando em como a gente não sabe nada, e temos que aprender, estudar, aprender e a aprender sempre para viver neste mundo louco. Como eu estaria agora se tivesse incriminado meu pai? Ele mentira para me salvar. O que eu deveria aprender desse fato, que sem querer aliviou o pagamento de "débitos anteriores" na minha vida e na dele?

Vi que a funcionária do Centro de Meditação estava trazendo a minha mala. Olhei para **o Lorenzo**, que riu e disse:

– As férias acabaram. Você tem muitos processos lhe esperando.

CONCLUSÃO

Entrei no carro do **Lorenzo** ainda impactada pela notícia que ele me dera, de que meu pai havia dito, para me proteger, que eu era filha do **Lorenzo**.

A esposa do **Lorenzo** dirigia em silêncio, ouvira o que o marido falara, mas não disse nada, perguntei a ela:

– Você conheceu a minha mãe?

– Sim. Inclusive se ainda estou casada com o **Lorenzo** devo a ela. Quando desconfiei que ele estava saindo com alguém, pois já não me procurava mais e falava em divórcio, eu o segui. Descobri o endereço, era um prédio lindo, rico e luxuoso. O porteiro me disse o número do apartamento e fui falar com ela, cheguei cheia de raiva, quando ela abriu a porta e eu vi aquela mulher linda, vestida elegantemente, o ambiente de um bom gosto de deixar qualquer um com inveja, eu ia dando as costas e ela me puxou e mandou eu sentar e perguntou:

– Quem é seu marido?

Eu disse o nome dele. Ela riu e foi bem agressiva:

– Mulher, deixe de ser idiota. Eu sou mulher de muitos homens. A troco de que seu marido ia querer ficar comigo, sabendo que tenho outros homens? Se faz de morta, seja carinhosa, esquece que ele se encontra comigo, pois o que eu dou a ele, você nunca poderá dar. Com o tempo, ele irá se afastando de mim ao perceber que eu nunca largarei minha família.

– Mas ele a ama, eu falei chorando. Sua mãe perguntou: "Você o ama? Se sim, faça de conta que eu não existo, dê a ele todo amor e carinho, que eu vou dar muito sexo para ele.

Assim será só você e eu na vida dele. Não esqueça que a noite ele sempre volta para você. É com você que ele dorme, que tem filhos, que passa as datas especiais com você e a família. Se seu sexo com ele é fraco, seja forte nos carinhos e no bom e velho companheirismo, que vocês esposam esquecem sempre de praticar". Eu comecei a chorar, só de pensar que ela fazia sexo com ele e como ela era linda. Ela me deu um whisky, eu disse que não bebia, ela riu e falou "deixa de ser fresca, aprende a beber, aprende a ser uma boa parceira para ele e jamais diga que falou comigo". E eu aprendi a beber, aprendi a ser companheira e parceira, passei a ir com ele a vários lugares que antes não aceitava ir. Realmente o sexo continuava pouco, mas carinho, amizade e cumplicidade passaram a fazer parte da nossa vida e realmente ele foi se chegando mais.

Para evitar que ele dissesse alguma coisa, perguntei se poderiam me levar para jantar. Queria comer uma bela massa italiana. Fomos a um restaurante que servia excelente pasta.

O garçom trouxe a carta de vinhos, eu logo disse:

– Eu quero um whisky, odeio vinho.

Percebi que **Lorenzo** e a esposa se olharam e começaram a rir. Os dois ao mesmo tempo falaram:

– Você falou igual a sua mãe!

– Ah, ela já morreu, deixem ela quieta... – e ri também.

A comida estava deliciosa, de repente ouço uma voz conhecida:

– Que bom ver vocês! – era o **Jim**.

Meu coração começou a bater em ritmo acelerado. Vi aqueles olhos pretos maravilhosos fixos em mim, devolvi o olhar com a mesma intensidade, pois sabia como seduzir com meu olhar, e aí sorri da maneira que sei fazer e simplesmente encantar a pessoa.

O brilho daquele olhar sincero dizia tudo que a boca não tinha coragem de dizer. Era recíproco.

Lorenzo e a esposa começaram a rir. Pois **Jim** e eu simplesmente esquecemos que outras pessoas estavam ao nosso lado e não deixamos de nos olhar de um modo que um penetra na alma do outro.

Lorenzo tocou no braço dele e ele pediu desculpas, e disse:

– Não consigo resistir ao olhar e ao sorriso da **Maria Eduarda**.

Eu abaixei a cabeça e voltei a comer. **Lorenzo,** e sua esposa conversavam com ele, sei lá o que, ele estava em outra mesa com vários casais e perguntou se não queríamos nos juntar a eles, eu respondi imediatamente

– Não e não.

Mas ele não parava de me olhar e sorrir. **Lorenzo** me conhecia e sabia que eu estava fragilizada por tudo que havia acontecido. O que ele havia falado sobre meu pai ter me protegido, mentindo; pela mulher dele ter conhecido a minha mãe. Além do mais eu havia passado 35 dias quase que sozinha.

Lorenzo explicou para o **Jim** que ele e a esposa haviam acabado de me "arrancar" de um Centro de Meditação, então não levasse em consideração o que eu falava. Eu levantei os olhos e falei:

– **Jim**, por favor, conversamos outra hora.

Jim me olhou e com um sorriso lindo e disse:

– Ok, mas você não vai se livrar de mim facilmente.

E voltou para a mesa dele.

Acabamos de jantar, nos levantamos para sair, olhei para a mesa onde o **Jim** estava, e o seu olhar continuava penetrante e o sorriso me desvanecia.

Ao chegar ao portão do meu prédio, a esposa do **Lorenzo** perguntou se eu queria que ele subisse comigo. Agradeci, e balancei a cabeça afirmativamente.

Ela entendia que eu e **Lorenzo** precisávamos conversar. Ele também balançou a cabeça que sim, nós precisávamos conversar a sós. Ele voltaria de taxi para casa.

Subimos, e de cara ele pediu um whisky. Eu preparei um para mim também. Ele então começou a falar que sim, ele pretendia pedir o divórcio, naquela época, para ficar com minha mãe. Porém, ela não aceitou. Ela o amava? Talvez. Mas não a ponto de bagunçar a vida dela e a dele.

Ela lhe prometeu para o resto da vida dele "os melhores orgasmos que o sexo pode proporcionar", e ela era especialista no que fazia; inclusive se ele tivesse desejo, não importava se ela já tivesse agendado outro cliente, ela dispensaria o cliente e faria sexo com ele sem tempo marcado e pelo preço de uma hora, mas que ele não se divorciasse.

Sim, ela cobrava por hora. Ele jurou a ela nunca se divorciar.

– Sua mãe foi a melhor coisa na minha vida. Depois, estando você trabalhando no meu escritório, eu fantasiava que você era o resultado do meu amor por ela. Era olhar para você e ver a alegria dos meus sonhos na sua pessoa. Minha mulher inclusive tem ciúme de você, justamente por ser parecida com sua mãe, você lembra a ela que foi nos braços da sua mãe que tive os melhores momentos da minha vida. Nunca escondi dela. E você se destacar na profissão é algo que a incomoda e aos meus filhos.

Ele chorou, e chorou muito. Ela simbolizava tudo para ele. Ele nunca a esqueceu e por isso continuava casado até hoje. Pois ela cumpriu em vida o que havia prometido, eles passavam às vezes dias fazendo sexo, ele enlouquecia de tanto prazer, e vê-la o satisfazer e também sentir que ela se sentia plena era algo sublime.

– Sim, por mais que ela gostasse de sexo eu sentia que conseguia satisfazê-la. Até hoje me masturbo pensando nela.

E tomamos mais whisky, ele falou, contou lembranças, até então, ele nunca havia desabafado com ninguém. Então eu o ouvi, não sei por quanto tempo, e quando ele sentiu que havia dito tudo, me deu um beijo na testa, abriu a porta e foi embora.

Resolvi colocar no fundo do meu coração aquele desabafo e pensei que eu precisava pensar em mim. Era muita informação. Minha mãe que esperasse, pensaria naquilo mais tarde.

Agarrei um travesseiro, o abracei e dormi feliz, lembrando dos olhos e do sorriso do **Jim**. Não fui ao escritório pela manhã. Eu sabia que se não avisasse a **Kathia** que eu havia chegado e a convidasse para almoçar, ela ia ficar magoada.

Telefonei, ela ficou feliz e fomos almoçar juntas. Eu sabia que teria que contar para ela uma versão mais ou menos do acontecido que levou o **Lorenzo** e a mim para o hospital. Lógico que foi uma versão light. Ela queria que eu confirmasse se era mesmo filha do **Lorenzo**. Eu ri, pisquei os olhos e disse:

– Qualquer dia te conto tudo. Prefiro conversar com você, saber como você está etc.

Eu sabia como evitar um assunto dando a preferência a ela de falar, falar e falar.

Após o almoço fui para o escritório. Abraços, sorrisos, todo mundo querendo saber de tudo, como se já não soubessem.

Fui até a sala do **Bernardo** agradecer a ele por ter cuidado dos meus processos. Ele de uma forma séria disse:

– Pelo amor de Deus, não inventa mais nenhum tiroteio e nada de ficar fora do escritório, vou exigir também 35 dias de férias – e caiu na gargalhada.

Eu ri também. Pedi a ele que me contasse a versão dele do acontecido desde o momento em que entramos na garagem, pois depois que desmaiei não sabia mais nada. Não queria perguntar ao **Lorenzo**.

Ele então me relatou que eu havia gritado alguma coisa para o **Lorenzo** e este se jogou no chão, mas recebera um tiro. Segundo ele, quando eu vi o **Lorenzo** no chão, voei para cima do atirador e mordi seu braço, ele caiu também, mas atirou em mim. Caí no chão, mas meus dentes estavam firmes e fortes grudados no braço dele, e foi aí que o **Bernardo** sentou em cima do cara até a polícia chegar.

Ele abriu a gaveta e me mostrou uma foto de jornal em que aparecia ele, **Bernardo**, sentado em cima do cara, e eu **Maria Eduarda** desmaiada ao lado, mas com a boca grudada no braço do atirador.

– Quando você desmaiou, seus dentes ficaram grudados no braço dele e ele não pôde fugir.

Ainda de acordo com o relato do **Bernardo**, fiquei sabendo que aquela foto foi manchete de primeira página de vários jornais.

Olhei para ele e comecei a rir.

– Quando soubemos que o **Lorenzo** era seu pai, entendemos por que sempre as broncas mais pesadas eram para você. Ele não queria que você cometesse nenhum erro, queria que você fosse perfeita.

– E os bandidos da empresa do **Jim**, o que aconteceu com eles?

– A tal **Raquel** e o *Dubai*, além da acusação de desvio de dinheiro, foram também acusados dos assassinatos do

Paul Duboc e do **Tércio Rocha**, acrescido da tentativa de assassinato a você e ao **Lorenzo**. Ela tentou jogar a culpa toda no _Dubai_, mas o vínculo entre eles é forte, têm um filho e ele não aliviou em nada para ela. Quanto ao **Jim**, o juiz decidiu que a quadrilha devolvesse todo o dinheiro desviado da empresa dele, pois na reportagem do seu ex-namorado provou-se que eles tinham várias contas bancárias, muitos bens, e como ele forneceu o número das contas bancárias do exterior também, até os valores depositados no Panamá puderam ser expatriados para cobrir o prejuízo do **Jim** e de algumas outras empresas que foram saqueadas. Como na reportagem, o **Heitor** ainda citou o nome de outros membros que desviavam dinheiro em outras empresas, estes foram também presos. A reportagem desse jornalista, seu ex-namorado, foi perfeita. Deu condições para que a polícia pudesse desbaratar uma quadrilha que há muitos anos vinha atuando.

Enquanto conversavam, a telefonista transferiu uma ligação da esposa do **Lorenzo** para mim. Ela queria que eu fosse jantar naquela noite na casa dela. Declinei o pedido, mas ela insistiu e insistiu tanto que resolvi que estava na hora de pôr um fim naquela situação que durava há muitos anos.

Quando lá cheguei, fiquei surpresa pelos filhos, pelas noras e pelos netos estarem presentes. Eles me odiavam e até evitavam falar comigo, quando por acaso cruzavam comigo na rua.

O **Lorenzo** estava mais sério do que eu, imaginava que iria haver alguma desfeita a mim, e o conhecendo bem sabia que ele não iria aceitar qualquer afronta contra mim. E quando ele é mal-educado, ele é o campeão.

Sentamos à mesa, **Lorenzo** na cabeceira, do lado esquerdo a esposa dele, e do lado direito eu. Não entendi nada, até que o filho mais velho começou a falar.

Começou dizendo que falava em nome dos três irmãos.

– Em primeiro lugar, agradeço por ter salvado nosso pai. Não sei se algum de nós teria a presença de espírito de fazer o que você fez.

Pediu desculpas por tantos anos de raiva contra mim, pois eles pensavam que eu era amante do pai deles e que este havia se deitado comigo quando eu era ainda uma criança, por isso ele havia me levado para trabalhar com ele.

– Tínhamos mais raiva porque você, **Maria Eduarda,** é muito linda e pensávamos que cada vez que nossa mãe olhasse para você se lembraria de que você era uma rival imbatível, pois você tem a mesma profissão do nosso pai, é uma advogada super requisitada que vence sempre e passava o dia sempre junto com nosso pai no escritório. E nas noites que ele dizia estar em reunião com a equipe do escritório, pensávamos que era só ele e você. Nós brigávamos com nossa mãe por ela não tomar uma atitude. Ela ficava sempre calada, nós pensávamos que ela temia que nosso pai fosse acusado de algum dia ter praticado a "pedofilia", pois você começou muito criança no escritório. Mas com o acontecido nos últimos meses, nossa mãe esclareceu que havia se separado do pai por um período no passado e que ele namorou uma moça e teve uma filha com ela. Quando a mãe e o pai fizeram as pazes, ele lhe contou sobre a filha que tivera. Com a morte da mãe da criança, ele decidiu dar apoio à menina para poder encaminhá-la na vida e nossa mãe achou que era o certo a ser feito.

Eu ouvi atentamente olhando para o **Lorenzo** e a esposa, as lágrimas brotavam nos olhos dele e dela, os filhos pediam perdão a mim e ao pai, e me davam as boas-vindas à família.

Eu sabia que não era verdadeira a versão da esposa do **Lorenzo,** mas ela me olhou de um modo, como que pedindo "aceite, preciso de paz na família". Só me restou dizer:

– Como não gosto de vinho, brindo a vocês com um copo de água.

Lorenzo imediatamente levantou e disse:

– Não seja por isso.

E me deu uma garrafa de whisky, aí fiz um brinde com a garrafa de whisky mesmo.

De repente eu tinha uma família unida ao meu redor. Que coisa mais louca o Universo estava fazendo comigo. Depois de amargar de culpa por não ter denunciado meu pai e meu irmão, eu recebia dádivas do Universo. Pensei, hora de voltar a estudar, estudar e praticar mais a espiritualidade, preciso entender essa coisa toda.

De repente uma voz infantil me perguntou:

– Tia, deixa eu ver seus dentes?

Eu os mostrei a ele, que falou:

– O bandido que você mordeu disse que seus dentes eram piores do que um cão raivoso, mas vi que seus dentes são diferentes dos do meu cachorro, como pode isso?

Foi uma gargalhada geral e assim aconteceu a minha inclusão na família do **Lorenzo**, em que mentiras e verdades eram deixadas de lado e só o amor prevalecia.

Mas eu sabia que a mulher do **Lorenzo** só arrumou aquela desculpa para os filhos para que eles não a culpassem por não ter contato antes que eu nunca fora amante do pai deles, bem lá no fundo ela ainda sentia raiva/ciúme, pois sou a minha mãe escrita. Mas esse era um problema dela com os filhos.

Era engraçado ver os meus novos sobrinhos e sobrinhas me olharem como a Mulher-Maravilha que vence os bandidos com dentadas.

Eu queria entender o porquê de a mulher do **Lorenzo** ter contado aquela mentira. Na hora de ir embora pedi a ela que fosse comigo até o carro e lhe perguntei:

– Por que a mentira?

Sorrindo ela respondeu:

– Primeiro por você ter salvado meu marido, segundo porque se estou até hoje casada com ele foi porque sua mãe não deixou que ele se separasse de mim, e ainda me deu algumas dicas de como ser uma boa esposa para ele. Era o mínimo que eu podia fazer para agradecer a ela por intermédio de você.

Pensei comigo, explicação mais falsa que uma nota de três reais. Vou continuar a manter "essa senhora" fora da minha vida.

Entrei no carro, aí quem chorou fui eu. Minha mãe... que saudades dela!

Para mim era uma nova vida que começava. Eu sempre fui sozinha, não solitária. Mas receber convites de parentes, de sobrinhos querendo sair comigo, querendo dormir na casa da tia "heroína", era uma grande novidade.

Mas a vida não para porque estamos alegres ou tristes, ela continua e nos cobrar trabalhar e prosperar. Os processos continuavam a chegar e a fama do escritório de que éramos ótimos profissionais capazes de fazer milagres trazia mais e mais clientes.

E agora que o **Lorenzo** não tinha mais desconfiança na família de que ficava até mais tarde no escritório com a "suposta amante", nos deixavam mais livres para emendar as conversas e as trocas de melhores abordagens para serem utilizadas nos processos.

Eu não me esquecia da promessa feita ao **Gael** e pelo menos uma vez na semana ia até a clínica, e conversávamos bastante, ele estava em dúvida sobre qual carreira seguir. Enquanto tinha esse dilema, tinha no que pensar e aos poucos ia melhorando.

As sextas-feiras continuavam sendo sagradas, jantar na casa da **Kathia**. Quando lá cheguei naquela sexta-feira **Jim** já estava lá. Fiquei feliz, mas controlei meu entusiasmo.

Foi gozado o marido da **Kathia** pedindo para ver meus dentes. Ele pediu desculpas por estar rindo, mas para ele eu parecia tão frágil, e saber que eu dei uma dentada tão grande no bandido que desmaiei com a minha boca presa no braço dele era hilário.

Aí ele me perguntou se eu ficaria à vontade em contar o meu lado dos acontecimentos. Eu olhei e vi a **Kathia** ávida para falar, e pensei, por que não a fazer feliz? E disse:

– A **Kathia** conta para vocês.

É gostoso rir depois que os maus momentos passaram e estamos de bem de novo com a gente.

Havia alguma coisa diferente no **Jim**, seu olhar continuava penetrante e seu sorriso me deixava alucinadamente feliz, mais tinha algo mais que eu não sabia identificar, era uma sensação de plenitude, como que completando o quadro, olhar penetrante, sorriso amoroso e ternura. Ou sei lá que adjetivo eu poderia dizer.

Jantar animado, gostoso, companhia agradável de pessoas que se sintonizam na mesma energia.

Quando levantei para ir embora **Jim** também o fez. Ele veio comigo até o meu carro e disse:

– Vamos no seu carro, pois quero conversar com você, mas de forma que você esteja ao volante e eu não possa tocá-la e não precise me preocupar com o trânsito.

Não entendi nada.

Mas ele estando presente eu ficava feliz. Ele pediu para que dirigisse sem destino. A praia era meu lugar predileto, então fui dirigindo para lá.

Ele disse:

– Muito prazer, meu nome é **Jim O'Brien**. Há muito tempo que lhe observo e quero saber quem é você. Do que você gosta, o que te faz feliz...

Eu ri e disse:

– Calma lá, primeiro você me diz quem é você, depois lhe entrego meus segredos.

– Eu tinha certeza que você não iria me contar primeiro quem é você – ele riu e começou. – Sou divorciado há dez anos, me dou super bem com minha ex, ela administra uma das nossas filiais. Tenho três filhos ligeiramente mimados e malcriados. Sonhei há anos com um certo tipo de mulher, que venho procurando sem parar. E nessa procura, saio com várias sempre na esperança de encontrar a que sonhei. Me tornei tremendamente mulherengo, pois não conseguia encaixar os meus sonhos nas mulheres que conhecia. Minhas empresas são saudáveis e bem administradas e quando ficaram um pouco desorganizadas uma advogada abriu meus olhos e pude reorganizá-las. Mas essa restruturação não mexeu apenas com as minhas empresas, me atingiu também, porque essa advogada é de um saber inesgotável, sabe ser forte quando a força é necessária. Tem um profundo autoconhecimento, pois controla seus desejos, medos, habilidades e sonhos e os usa se tornando dona das próprias decisões e escolhas, sendo assim condutora do seu próprio caminho. Além do mais tem um olhar marcante que domina as pessoas e em mim traz uma felicidade que nunca antes eu experimentara, pois revela que há paz dentro do seu coração, seu olhar é forte de mulher destemida, obstinada, que sabe aonde vai chegar e tem tal profundidade que a gente consegue ficar horas admirando-a sem sair do lugar.

Minha cabeça dava saltos, eu tinha vontade de largar o volante para beijá-lo. Mas permaneci quieta dirigindo, pois suspeitava que ele ainda tinha mais para falar.

– Ela tem tudo que eu sempre sonhei que a minha fêmea, minha mulher, minha amante e minha esposa tivesse, que fosse um pouco abelha para extrair o mel de todos os seres. Fosse um pouco coruja para lidar com o ocultismo desta vida confusa, tivesse a grandeza das formigas para ter a sabedoria da sustentabilidade, fosse como a estrela-do-mar que trabalha suas intuições e instintos.

Deu um leve suspiro e continuou:

– Que ela fosse como a gaivota para se manter conectada com as fadas, nunca as vi, mas sei que elas existem. Você é uma dádiva delas para mim. Que fosse uma leoa para ser líder de si mesma, fosse um pouco tigresa para ser sensual, uma sereia para encantar a todos, uma deusa para ser cultuada, um pouco menina para ser acalentada e muito, mas muito fêmea para ser muito amada, e que eu pudesse me entregar e nossos corpos se tornassem um só.

– Mas essa mulher não existe. Você imaginou alguém impossível de ser real. Você está sonhando acordado – eu disse isso a ele de forma firme olhando bem dentro dos olhos dele.

Ele então me respondeu:

– Você pode até dizer que não entendeu o que eu disse. Mas jamais poderá dizer que não entendeu que através do meu olhar eu lhe transmito tudo o que eu disse. Essa mulher existe, não é fruto da minha imaginação, essa mulher é você.

Parei lentamente o carro e o beijei. Foi um beijo doce, com intensidade aumentando a cada segundo, como se finalmente nosso sonhado encontro estivesse acontecendo. Não havia mais nenhuma barreira que nos impedisse de sermos feliz.

Sim, faltava o ato de amor, em que duas pessoas se tornam uma só.

O prazer de um encontro assim perdura, por horas ou por dias, pois é o impacto de quem nos conheceu por dentro. Porque traz mais do que um excitamento momentâneo. Ele não nos exaure, ao contrário, nos recarrega.

Traz um encantamento em si, dá um brilho à vida e de alguma forma sentimos que finalmente alguém nos viu de verdade.

E senti-lo dentro de mim foi algo impossível de ser descrito. É uma satisfação carnal, espiritual e divina. É estar no mundo de Nirvana, ou seja, alcançar a imperturbável serenidade da mente, após o desejo. Sentir-se completa, inteira. É um estado de calma, paz, pureza de pensamentos, felicidade e iluminação espiritual.

São mais do que encontros casuais, são momentos de comunhão interna, em que os corpos se tocam, mas as almas conversam de uma forma profunda, mística, cósmica.

FIM

DARIA TUDO QUE SEI PELA METADE DO QUE IGNORO

Comece a prestar atenção nas suas conversas e o que tem falado com seus amigos e colegas de trabalho, afinal Aristóteles já escreveu: "Somos o que fazemos repetidamente. A excelência, portanto, não é um ato, mas um hábito".

Portanto, lembre-se: você não controla absolutamente nada que acontece em sua vida, mas decide de que forma vai agir com as coisas que acontecem com você. Mudar de assento no ônibus pode mudar a sua perspectiva e visão, mas não muda o destino.

Devemos tornar mais leve nossa caminhada, na medida em que a compreensão ocupa o lugar da vaidade, do ego e do orgulho. Na alma devemos levar somente aquilo que faz nosso coração bater mais forte, estar alegre no compasso com as riquezas do Universo, cuja maior riqueza é o amor. E o amor ao que fazemos deve ser a nossa marca. Mais importante do que ser alguém conhecido é ser alguém que vale a pena conhecer. Isso significa que podemos transformar o mundo com a mesma intensidade positiva.

O bom humor é uma característica das pessoas que vivem de maneira mais leve, cultivam atitudes de cortesia, gentileza, são hábeis em desenvolver emoções positivas, recordam com mais frequência os momentos bons que vivenciaram, procuram transmitir serenidade e esperança para aqueles com quem convivem.

A primeira coisa a se fazer para estar sempre bem é ter uma boa conexão consigo mesmo. Isso significa que você precisa ter amor-próprio, gostar da pessoa que você é, se aceitar do jeito que você é e ter prazer em sorrir para si. O sorriso é nosso cartão de visitas. Sabemos que um sorriso desfaz mal-entendidos, desfaz agressões, agrega pessoas queridas, aumenta as relações interpessoais e abre caminhos no amor.

Transborde em amor, e isso é sair das bordas, sair do seu mundo para alcançar outros. Os encontros entre corpos são comuns, encontros entre almas são mágicos.

Por isso, daria tudo que sei pela metade do que ignoro.

Vale a pena experimentar!